U0642027

心之原初

生命和幸福的能量源泉

郭亚东 著

人民东方出版传媒

东方出版社

图书在版编目（CIP）数据

心之原初：生命和幸福的能量源泉／郭亚东 著. —北京：东方出版社，2021.9
ISBN 978-7-5207-2368-8

Ⅰ.①心… Ⅱ.①郭… Ⅲ.①随笔—作品集—中国—当代 Ⅳ.①I267.1

中国版本图书馆 CIP 数据核字（2021）第 179523 号

心之原初：生命和幸福的能量源泉
（XIN ZHI YUANCHU：SHENGMING HE XINGFU DE NENGLIANG YUANQUAN）

作　　者：郭亚东
责任编辑：贺　方　王　萌
出　　版：东方出版社
发　　行：人民东方出版传媒有限公司
地　　址：北京市西城区北三环中路 6 号
邮　　编：100120
印　　刷：北京汇瑞嘉合文化发展有限公司
版　　次：2021 年 9 月第 1 版
印　　次：2021 年 9 月第 1 次印刷
开　　本：880 毫米×1230 毫米　1/32
印　　张：5.875
字　　数：90 千字
书　　号：ISBN 978-7-5207-2368-8
定　　价：48.00 元
发行电话：(010) 85924663　85924644　85924641

版权所有，违者必究
如有印装质量问题，我社负责调换，请拨打电话：(010) 85924602　85924603

人觉悟到真实自我，感受心的
原初状态，就是开悟

幸福的核心是自觉感同身受、
主动传递真诚与爱的能量

目　录

自　序

少年的时候，我内心有一点忧郁，时常感受着不可言状的召唤，渴望生命自由的真意。时光流逝，那些忧郁从细微痛苦汇聚成巨大痛苦，同时深陷寂寞，无可倾述。

痛苦和寂寞如影随形。有时，是在深夜中；有时，是在沙漠上；有时，是在飞行途中；有时，是在默默坐着的时候。此间，此刻，仿佛经过了亿万年，又仿佛仅在刹那。我在生命渐进中看到自身的痛苦和更多人的痛苦根源，是来自为什么活着的困惑；是对幸福真谛的追寻和面对生死的感受和体验。

2019 年的一天，我拿起很久没用的蓝色钢笔，清洗后灌注墨水，开始在稿纸上记下那些从内心流淌的文字。有时停顿下来，我等待着文字再次闪现，发觉这些就是多年来痛苦的缘由。那一刻，长久持续的痛苦消失了，我平静地去感受，记下要说的话，希望能对更多内心痛苦的人有所帮助，这就是《心之原初》的由来。

心之通道是真实自我连通身体、感受和传递能量的无形通道，也是真实自我连通心的原初状态、映射宇宙能量的通道。

当我们以心之通道属性能量运行，才能觉悟真实自我存在，感受心的原初状态映射宇宙本源。

心之通道一个是真诚能量通道，一个是爱的能量通道。运用它的方法是感同身受与主动传递。

真实自我与思维构建的虚幻自我之间的抗争，引起众多的痛苦和烦恼，阻碍个人觉悟。个人运用心之通道，自觉自愿、主动感受、传递真诚与爱属性能量，能停息思维构建的虚幻自我，觉悟心的原初状态，感受幸福真谛，实现生命真义。

当个人感同身受真诚与爱的属性能量，当个人主动传递真诚与爱的属性能量，幸福感会越来越强烈。我们的焦点不再是完全关注自身，而是转向对他人万物的关怀。

觉悟时，个人不再拥有强烈向外部索取的意识，肉体与心合一，心与宇宙合一。向社会、他人、万物奉献力量，成为此刻真实自我状态，成为个人达成的生命意义。

人的生命意义在于：回归心的原初，感受、传递真诚与爱，向外部奉献力量。

人活着就是实现、呈现这个全部。

个人处于这样的状态，必然专注心的觉悟，修养道德，专注人与人的和谐，人与万物的和谐，个人利益转化成为奉献他人、贡献社会、关怀万物的个人信念。

这是身处现实社会的生命意义，也是身处宇宙觉悟的生命意义。

当你深深地专注、体会心之通道带来的感受，它能使你更有觉知地生活在此刻，生活在细微感受中。每个人能从感受大自然与生活细微之处达成内心觉悟，保护生命健康，改善整体的生命状态，提高自我生命意义。

当个人感悟生命意义而行动的时刻，是个人的福祉，是社会的福祉，也是整个世界的福祉。

郭亚东·北京

第一章
心的原初状态映射宇宙

心的原初状态映射宇宙，映射宇宙此刻能量。

心的原初状态

心的原初状态是空静、自在。

　　真实自我能量源头：心的原初状态。

　　心的原初状态是空静、自在。

　　心觉悟到的我，是真实自我。

　　王守仁《传习录》："心即道，道即天，知心则知道、知天。"

心的属性

心有静止和涌现，整体空静。

心整体空静、自在，映射宇宙空静、自在。

心的活动有两种呈现形式：静止、涌现。

心的静止、涌现与身体和宇宙的连接通道是心之通道。

陆九渊《象山语录》："心之体甚大，若能尽我之心，便与天同。"

心的映射传递

真诚为能量本质，爱为能量变化的动因。

心的原初状态映射宇宙。映射宇宙此刻能量与聚合。

心的静止、涌现产生的能量，通过真诚与爱两大能量通道传送，两大能量通道称为"心之通道"。真诚与爱交汇衍生新生命。

真诚映射宇宙的此刻，即此刻所有无形、显现的能量；爱映射宇宙的聚合。

能量的聚合、交汇，产生新的生命；能量的转换、转移，产生新的能量体。

老子《道德经》："道生一，一生二，二生三，三生万物。"

心的原初状态映射宇宙本原

一切在此刻，一切无处不在。

　　宇宙本原与心的原初状态一致，能量与聚合，静止和涌现。

　　宇宙是整体的静止和涌现。万物身在其中，亦动亦静。一切是静中有动，动中有静。不生不灭，不增不减。宇宙万物一体，宇宙能量时时刻刻涌现，时时刻刻似静止。心的原初状态亦然。

　　老子《道德经》："道可道，非常道。"

第二章

心 之 通 道

心之通道是真实自我连通心的原初状态、

映射宇宙的两大能量通道。

心的两大能量通道

心之通道是连续不断的能量流，生生不息，永无止境。

　　心之通道是真实自我连通身体、感受和传递能量的无形通道，也是真实自我连通初心，映射宇宙能量的通道。当我们以心之通道属性能量运行时，能回归真实自我，感受心的原初状态，映射宇宙本原，达到开悟，这就是心之通道的伟大力量和奥秘。

　　我们生命中无形存在的心之通道一个是真诚能量通道，一个是爱的能量通道。

　　真实自我通过真诚与爱两大能量通道感受、传递能量。

　　心的两大能量通道运行的形式是感受和传递。

　　《中庸》："诚者，物之终始，不诚无物。""唯天下至诚，为能尽其性；能尽其性，则能尽人之性；能尽人之性，则能尽物之性；能尽物之性，则可以赞天地之化育；可以赞天地之化育，则可以与天地参矣。"

心之通道的运行状态

生命，唯真诚与爱永存。

我们的生命之中，除了思维构建的虚幻自我，还有心觉悟到的真实自我。虚幻自我的运行是通过思维构建的概念、判断、控制等形成的体系。真实自我的运行是通过心之通道感受和传递真诚与爱的属性能量来达成。

真实自我是我们生命的整体本质生命，是与宇宙万物具备同样能量品质的生命体，真实自我用以传送能量的心之通道，本质上也是能量的。

真实自我通过真诚与爱两大能量通道连通初心，连通身体，当我们以心之通道属性能量运行时，能觉察真实自我的存在；从另一层面来看，当觉察真实自我的存在，也就能觉察真实自我的运行就是通过运行心之通道的属性能量来实现真实自我存在的。

心之通道真诚的属性能量包含真诚、纯净、真实、自然、诚实、清净、纯真、虔诚、朴实、信任等。当然，它包含更多。

心之通道爱的属性能量包含慈悲、爱、仁慈、感恩、仁义、宽容、善良、感激、恭敬、尊敬等。是的，它包含更多。

我们一旦开始运行心之通道，真实自我在心之通道中会建立从感受到传递，再从传递到感受的良性循环，如同每个人的呼吸一样自觉运行。

心之通道的运用方法

自觉、主动地感同身受、传递真诚与爱。

心的两大能量通道一个是真诚能量通道，一个是爱的能量通道。我们运用它的形式是感同身受与主动传递，我们是指心觉悟到的真实自我，真实自我才能运用心的两大能量通道，或者说在运用心的两大能量通道时你会明显地觉察到回归真实自我的存在。

真实自我自觉通过心的两大能量通道感受自我的真实、真诚等属于真诚属性的能量，也感同身受他人的真诚属性能量。真实自我通过心的两大能量通道感受自我的爱、善意、慈悲等具有爱的属性能量，也感同身受他人的爱的属性能量。

同时，真实自我也通过两大能量通道主动向外部传递真诚属性的能量和爱的属性的能量。

当我们不知道两大能量通道的属性能量和运用时，虽然偶尔有机遇感受，却含混不清。当我们知道心之两大能量通道是真诚与爱，它的运用方法是感同身受和主动传递时，我们会时刻专注于此，自觉运用它。

当我们有意识地主动运用心的两大能量通道属性能量时，我们就是在以真实自我行动，个人肉体感知也被真实自我牵引，被心之通道激活而使个人整体生命呈现"活生生"的状态。

运用心之通道，就像鸟儿在飞，时刻感受空气，不断振动翅膀，不断传递能量。也就是时刻感同身受真诚和主动传递真诚，真诚映射宇宙此刻能量。时刻感同身受爱和主动传递爱，爱代表向外部贡献自我力量。

心之通道的源头

通往心的原初状态。

当真实自我运用心的两大能量通道感受和传递真诚与爱属性能量，心之通道把真诚与爱的属性能量主动向外部传递，同时也感同身受心之通道中来自外部真诚与爱的属性能量，传回内心。在这个持续的回传心灵的时刻，我们会感知心之通道的源头。

心之通道源头通往心的原初状态。

第三章

觉悟心的原初状态

人觉悟到真实自我，感受心的原初状态，就是开悟。

觉悟时刻

感受心的原初状态映射宇宙。

　　个人觉悟到真实自我，感受心的原初状态，就是开悟。开悟时刻，觉悟心的原初状态映射宇宙本原。

　　此刻，感受心的原初状态对应宇宙此刻状态。

　　心与身体、心与宇宙之间融为一体，心的原初状态对应的宇宙本原经由心之通道映射，整个融为一体的状态，是天人合一的状态。

觉悟看到了什么

原初，一切的原点。

觉悟心的原初状态，个人产生的感受具备多种属性的融合：痛苦与平静的合一，伟大与平凡的合一，永恒与刹那的合一，静止与涌动的合一，等等。

觉悟真实自我是灵性智慧。

心灵安宁、敏锐、平和，看到太阳是明亮的能量光的倾泻。

运用心之通道觉悟

你能感受生命和幸福的能量源泉。

　　个人思维构建的虚幻自我，长期处于失真状态运行，形成思维惯性的无意识失真，导致日常所思所想和行动，能量微弱而且远离心之通道，无法感受真实自我。我们在运用心之通道时，能清晰觉察真实自我的显现和存在，能看到自我正在逐步脱离思维构建的虚幻自我时因失真导致的低能量状态。

　　真实自我助推真诚与爱属性能量充满全部肉体意识，我们能感受到真实自我充满全部身体。此刻，我们真实自我，也就是我们真正的全部生命，能看清我们身体内部层面、身体和内心之间由心之通道连接交流的状态以及外部层面、心和宇宙之间通过心之通道映射的状态。

　　真实自我持续运用心之通道，能觉悟心的原初状态映射宇宙本原。

　　我们在持续运用心之通道属性能量，传递到全部躯体，我们的整体生命会呈现平衡、和谐、真诚与爱的综合气质。心灵能量覆盖思维能量、覆盖我们的整体生命，此时，个人面貌平和、真实而安静，倾向更年轻化的状态。

　　在真实自我运用心之通道时，你也能感悟幸福的真实意义，知道如何把握它。

第四章

启用心之通道，停息虚幻自我

运用心之通道感受真实自我，停息虚幻自我。

唯有真实自我运用心之通道

觉悟真实自我，就不在虚幻自我。

当我们所处现实长期处于思维构建的虚幻自我运行控制之中，个人会逐渐失去真实自我的本质和智慧。启用心之通道运用真诚与爱属性能量时，个人真实自我会无比明晰地凸显出来，我们能感受真实自我充满全部身体。

我们剖解虚幻自我的运行机制，不是去用智能或技术形式瓦解它，彰显真实自我的胜利和重生，而是在运用心之通道感受到真实自我时，让虚幻自我随即停息。

心之通道的伟大力量和奥秘在于，只有你的真实自我可以运用心之通道的真诚与爱的属性能量，我们能觉察真实自我的存在和状态。在运用心之通道属性能量时，痛苦和冲突被清除了，并且我们的整体生命处于从未有过的敏锐状态，具备更高的觉知和平和，并觉悟自我走在开悟的路上，这样觉悟的甘霖即使在此刻品尝过一滴，我们也永生不会再返回思维构建的虚幻自我的运行机制之中。

我们有必要看清楚思维构建虚幻自我的运行循环机制全貌，

洞悉思维构建的虚幻自我在我们体内引起诸多烦恼和挣扎的原因。毕竟，如果没有运用心之通道觉悟到真实自我，我们可能与虚幻自我相伴一生。

虚幻自我与真实自我的抗争

感同身受、主动传递真诚和爱的能量，虚幻自我就无法同时存在。

不论是虚幻自我造成的各种痛苦和烦恼，还是真实自我探求觉悟途中困顿的痛苦，本质是源自回归初心状态而未达成的呈现。

心回归原初状态，映射宇宙本原，是个人生命成长中，真实自我自觉的渴望与实现，即内心持续不断地要求自我觉悟至心的原初状态，要求和宇宙本原运行同处于和谐的状态之中。

在此过程，真实自我与虚幻自我引发的矛盾和抗争产生的痛苦，内心与未觉悟状态呈现出的痛苦，逐步被心觉悟后的状态覆盖，虚幻自我也消解了。

起初，我们为解除烦恼和痛苦，探求个人觉悟，是因为烦恼和痛苦长期困扰身心，还有身心高度聚焦产生的首要期望。其实在运用心之通道，觉悟真实自我后，你会发现，痛苦毫不费力地消除了，长期困扰的烦恼和问题消散了，个人处在身心的宁静和安定之中。

个人处于真实自我状态时，心灵能量与思维能量、心灵能量与身体觉知连通，是个人整体生命的释放和解放。

思维创造的虚幻自我运行机制

真实自我只是回到起初的原点，却是不同的。

心觉悟到的我是真实自我，回归真实自我，能感悟心的原初状态映射宇宙本原。

关键是，我们在没有感受到真实自我的存在时，一直认同虚幻自我的真实，生活在思维构建的虚幻自我之中，日复一日，把虚幻自我等同于真实自我。

个人的思维规划出虚幻自我的成长—追求完美—烦恼产生—寻求解脱的幻象的完整循环。然而整个循环是建立在虚幻自我镜像上的循环，虚幻自我在思维中形成貌似真实自我成长与烦恼、追求控制与失衡、寻求解脱痛苦与空虚的假象。

个人虚幻自我树立假象的方法是以判断、概念、标识化、词的关联等等感知塑造出自我的形象。虚幻自我通过短期控制的目标、长期控制的目标实现来营造虚幻自我掌控一切的感觉。虚幻自我存在的时间基础，是以所处现实时间为成长起始点，以时间划分虚幻自我的成长阶段。

我们面对思维构建的虚幻自我的运行循环，面对虚幻自我引起的烦恼和痛苦时，寻求解脱的理念和过程越深入，真实自我和虚幻自我的分裂越严重。采用的方法越复杂，面临的烦恼、痛苦状态就越复杂。

当我们觉醒必须消除思维层面引发的烦恼和痛苦，就必须认清虚幻自我和真实自我的源头——即思维制造的虚幻自我和心觉悟到的真实自我。

我们无法直接停息思维构建的虚幻自我，如果你下达停息的指令，思维会立刻把指令融入思维运行的循环，为你营造一切尽在掌控的错觉，然后抛出解脱的终极幻境。只有运用心之通道感受真实自我，通过真实自我运行心之通道属性能量，使真实自我的存在充满整体生命之中，思维创造的虚幻自我就不复存在。

停息虚幻自我

自觉、主动地运用心之通道，显现真实自我。

当运用心之通道回归真实自我，我们可以同步停息虚幻自我。当我们认清虚幻自我的运行方法和消除途径，能从不同层面瓦解思维构建的虚幻自我。

第一种层面是，个人在运用心之通道属性能量的过程之中感受真实自我存在状态，看清思维构建的虚幻自我并非真实自我。

第二种层面是，长期在思维控制化运行的虚幻自我，对感受真实自我造成重重障碍。当真实自我运用心之通道属性能量时，粉碎了思维控制一切的考量，切断了惯性的控制思维，直到思维构建的虚幻自我停息。真实自我运用心的两大能量通道，最终能终止思维强力控制虚幻自我作为个人真实自我的过程。

第三种层面是，思维以判断、概念、标识等等感知塑造出虚幻自我形象。虚幻的自我一直在向外部追求虚幻的完美自我，不断否定裹挟着的自我，给个人带来强烈的不安感和危机感，以及不足和匮乏造成的压迫。但我们仍然可以借用虚幻自我制造的痛苦、烦恼，通过自然的接纳自我，直面痛苦和烦恼，感受和验证真实自我的存在和状态。

第四种层面是，我们通过切断，思维对时间的过去、现在和未来的分别，虚幻自我赖以存在的时空被粉碎，虚幻自我的基础土崩瓦解。

第五种层面是，当寻求解脱感产生时就是思维预设的自我圆满游戏同步启动之时，认清思维构建虚幻自我的解脱幻境，看清虚幻自我的脆弱本质。

放弃思维控制

以真实自我行动，以运用心之通道的属性能量作为思考和行动的核心。

个人的思维对于虚幻自我的满足，以控制为主要手段。思维以此控制思维的规划，也引导虚幻的自我认同这个虚幻的自我即是真实自我，能控制个人一切成长和发展，一切问题和烦恼，一切寻求解脱和圆满。然而，在思维启动运行开始，在控制思维运行开始，成长和发展、问题和烦恼、寻求解脱和圆满，就变成个人的烦恼、痛苦的起源和发生器，变成了一个虚幻游戏的启动。

而此时，个人的喜乐和幸福、个人的觉悟和生命真义，由于没有从真实自我出发，无法触及真正生命的感受和觉悟。我们发现，幸福不能控制，爱不能控制，真诚不能控制，真实的生命意义无法控制。

放弃控制，短时间内会造成个人安全感的缺失，造成焦虑和沮丧的产生，经过一个时期，则会让个人日益关注心之通道的启用状态，觉察到真实自我的存在状态。

放弃思维控制状态，也要放下思维运行产生的情绪状态。不再以思维控制一切的方式思考，不再以思维构建的虚幻自我行事。

我们使思维构建的虚幻自我停息，消除思维的惯性控制企图，也就消除思维控制个人的企图，把个人从思维建立的虚幻自我中解放出来，同时为内心开启了另一扇门。而打开门，意味着以真实自我行动，以运用心的两大能量通道的属性能量作为思考和行动的核心。

接受全部自我

自然接受自我，获得真实自我的幸福和生命意义。

一切发生是应发生的，一切呈现是应呈现的。无论之前是挫败还是顺利，美好还是糟糕，我们要自然地接纳此刻的自我。

接纳自我表示接受自己的不足和优势，失败和成就，残缺和挫败。不加判别，只是接受。那接受的就是自我独一无二的全部生命。全然接受自我，意味着思维构建虚幻自我的瓦解，真实自我的显现。虚幻自我与真实自我的抗争不再存在，思维设置的自我完美镜像不再成立，不再有一个虚幻完美的自我，而是回归此刻真实的自我。思维已经停息，接纳自己也意味着对自己的崭新认识，仿佛一个新的自我诞生。

自然接受自我，其实也是接纳此刻真实自我。你能首次清晰感觉心以如此具备质感和能量的形象显现。全部接纳自己能够让人有一种超乎寻常的轻松和释然，仿佛多年怀抱的石块被轻轻放下，压在肩头的重担消失了，这个重担是长久以来思维对自我的批判，思维构建的虚幻自我对于过往的悔恨、愧疚、自责等等形成的压迫。

自然接受自我，使真实自我回归此刻，连通宇宙的此刻。感受个体生命正在每一个刹那、每一个瞬间透过全部身心经过。此刻，你会感觉自我的全部其实不仅是身体，还存在心觉悟到的真实自我。

　　自然接受自我获得真实自我的幸福和生命意义。

转换时间观念

感受此刻重要。

我们所处的现实环境中，为生存、为人类历史、为文明延续等等的需要，人类创建时间的起始概念，思维建立过去、现在、未来的阶段分别。从物理学角度，宇宙时间空间不可分，并没有过去、现在、未来这样的属性和阶段。

思维构建虚幻自我的成长假象，依赖思维在现实中的时间概念。我们瓦解虚幻自我成长时间的过去、现在、未来后，构成虚幻自我的存在和感受将同时不复存在。

当真实自我运用心之通道的真诚与爱属性能量，我们在生存中能醒悟个体生命仅是生存在此刻现实之中，在地球之中，在宇宙环境之中，并没有过去、现在、未来的区分。组成我们身体的细胞每一刻都在更新。生命由每一刻的生存、每一刻的更新组成，这个每一秒甚至更细微的刹那生命，才是我们能感觉和感受的全部个人生命，也就是心觉悟到的真实自我。这个时候感受到此刻的重要，每一刻的重要。

如果能觉悟生命在此刻的状态，你就会慢下来，仿佛时间也变慢了。这是真实自我敏锐觉察活在此刻的细微状态所致。生命不再浑噩，内心通过两大能量通道赋予肉体新的状态，感知自身，感知周围环境的人和物。有形无形的所有，都会在刹那经过内心流淌，真实自我全心全意活在每一个刹那，这样对于个人来说，时间仿佛变慢了。

我们通过静心的方法也能使心灵处于全神贯注的此刻之中。我们也在观照真实自我之中粉碎了时间的过去、现在、未来的属性，回归真实自我。

穿透思维预设的解脱幻境

解脱是思维为虚幻自我预设的一个貌似真正自我成长、追求超越、寻求解脱的终极迷宫。

思维满足虚幻自我存在的快感，是通过思维对控制的实现快感、精密计算的智力快感，以及由此产生的愉快带来的快感，来稳定虚幻自我的满足和情绪。然而自我会发觉，基于控制实现和精准计算时常会带来挫败感和失控感，与虚幻自我之间的矛盾和抗争日趋明显和激烈，直到那个矛盾和抗争冲出全部身心。

思维构建的虚幻自我与真实自我的抗争，导致我们生命整体处于不间断的挣扎状态。这个挣扎是思维力图维持虚幻自我存在运行的控制权争夺，也是虚幻自我和真实自我抗争产生的矛盾状态。在没有觉察真实自我，没有运用心的两大能量通道之前，这个挣扎持续不断地带给个人深刻的不满和强烈的挣扎。

此时，思维会为虚幻自我抛出解脱的预设幻境，引导虚幻自我向外部寻求完美状态。当自我寻求解脱产生时就是思维预设的解脱幻境同步启动之时。

如果我们寻求解脱，同时意味着个人认同思维构建虚幻自我即是真实自我。这会产生一个分裂，对虚幻自我的认同，确立解脱之境的真实。

　　解脱是思维为虚幻自我预设的一个貌似真正生命成长、追求超越、寻求解脱的终极迷宫。如果真实自我运用心之通道，自觉感同身受、主动传递真诚与爱属性能量，会深深感受此刻真实自我的状态，虚幻自我也就消失了。

　　个人深沉地专注此刻，能觉悟真实自我的形象和存在，避免进入思维构建虚幻自我的解脱意识。如果我们在心存感激之中进入此刻，也能感受真实自我，而远离虚幻自我预设的解脱幻境。

看清虚幻自我的脆弱本质

运用心之通道时，真实自我并不和虚幻自我抗争，虚幻自我已消除。

当心觉悟到真实自我，持续运用心之通道属性能量时，我们已经在以真实自我思考和行动了。真实自我的运行方式是感同身受和主动传递真诚与爱。运用心之通道的过程中，我们不但能感受到幸福真义，最终还能够觉悟生命的意义。

真实自我运用心之通道并不和虚幻自我直接抗争，或者使用某种方法停止虚幻自我的运行。这是因为，心之通道的属性能量映射的是宇宙本质能量，运用心之通道时，真实自我并不和虚幻自我抗争，只是感受和传递心之通道属性能量，虚幻自我就已经消除。

我们一旦回归真实自我，以心之通道作为行事的核心，也就同时远离和遗忘那个虚幻自我，斩断烦恼和痛苦。

我们的思维和真实自我结合在一起，成为真实自我的思维，同步充满真实自我的内心能量，同步贯穿心之通道的属性能量。心之通道本质是永生的。

心灵能量会覆盖思维能量

觉悟真实自我时，心灵能量覆盖思维能量。

当觉悟时，心的两大能量通道倾注真诚与爱属性能量，覆盖全部的肉体觉知和思维能量，即使思维启动，也被赋予心之通道的能量属性。

你的思维不会停止，但在觉悟真实自我，运用心的两大能量通道时，虚幻自我停息了。思维无论运行还是暂时停止，思维的能量都处于和真实自我同步之中。可以说虚幻的自我已经消除，取而代之的是真实自我。

当处于现实环境，真实自我是以驾驭的状态启动和运行思维的。思维不再像脱缰的野马，不再以控制自我的方式出现，而是处于真实自我的自由启用之中。

真实自我通过运用心之通道，完成了思维的同步贯通与融合，心之通道运行时，流动真诚与爱属性能量，连通思维，连通肉体感知，思维也被覆盖心之通道属性能量，整体与内心一体，与真实自我一体。

第五章
觉察真实自我

在心之通道的流动体验中觉察真实自我。

痛苦的背后

痛苦至深处，微光乍现，心灵平和，煦风拂体。

痛苦，能造成心灵觉知、肉体生理感觉和思维感知三重感受体验。

来自亲友死亡的痛苦，来自其他生命死亡的痛苦，来自内心在觉悟途中似觉未觉激发的痛苦，来自思维构建虚幻自我形成的烦恼与痛苦，这些都容易对身心造成不可复原、不可估量的伤害和毁坏。

痛苦可能来源于忧虑、悲伤、挫败，等等，也可能因为说不清的缘由。而虚幻自我运行的方法逃避，往往形成更多变异、层叠、多重的痛苦。

深刻的痛苦感受，并非人所想象。虽然在某些时刻，并非每个人都愿意坦然面对，然而，这依然是最真实、深刻的体验。

真正痛苦绝非倾诉能解决根源，脱离需要漫长的时间。

无论是哪种情况，一个层面，痛苦对身心具备强力的破坏性；另一层面，经由自我直面、正视痛苦，到远离痛苦，它又成为有意义和价值的宝藏。一切取决于以何种状态迎接，当采用正面迎接和积极主动面对时，唤醒真实自我的存在感受，打开了心之通道的运行。如果痛苦感受转化得当，能成为最具综合体验、最具力量的觉悟路径。

痛苦之境在多数时候使个人犹处炼狱，我们在使用心之通道时能同步减轻痛苦、消除痛苦，使痛苦能被正面对待，成为觉悟的能量。然而，即使痛苦成为觉悟的能量，我们也并不沉浸在痛苦的经验中，只是在觉悟痛苦另一面时，发现此刻触及生命意义的大门。

我们专注在心的两大能量通道的运用、感受与传递，能加快痛苦转化为慈悲和感恩的状态。痛苦是个人真实体会感同身受的绝佳机会。

处于痛苦中追寻生命意义，会从真实自我的觉悟启程，最终，回到心的原点，觉悟心的原初状态。

病痛的真正含义

醒悟身体的脆弱，自我利益并无真正生命意义。

经历大病初愈，或者正在经受病痛折磨的人，会在某个时刻突然觉察肉体的脆弱、生命的脆弱，过去的经历微不足道，曾经的怨恨烟消云散。

某天清晨，当再次看见温暖的太阳，感受光芒万丈，光线犹如生命力和希望，内心无限感慨，升起善良、关怀的心境，这是在病痛的特殊经历中，开启心之通道，感受其中属性能量流动的察觉。

一个人处于病痛中，感受身心的疼痛是真实的，这也是体会心之通道真诚属性能量的入口和良机，通过这个体会也能经由心之通道感受到真实自我的状态。

在类似接近生命逝去的疼痛体验中，发现他人的眼神充满爱和善意。第一次，自我开始用充满爱和善意的心去看待周围的人和物，是非同一般的体会。继续让此感受返回心之通道，持续运用心的两大能量通道属性能量，你会觉察真实自我。

善用在病痛中的无力、脆弱，对事物、身体失去掌控之感，醒悟身体的脆弱，自我利益并无真正生命意义。

个人可以借助病痛，把肉体被动承受的疼痛，转移至心之通道上的自觉感同身受与主动传递的感悟上来。把自我感受和行动，转化为由内向外的主动传递真诚与爱，体会心之通道运行的幸福感受，觉悟生命真正的意义。

病痛中重要的收获是感同身受。意识到肉体生命的脆弱，感受真实自我的状态，醒悟内心能量和宇宙的原生力，从此改善不符合真实自我的价值观和生命观念。

死亡边缘的幸运

你能经历的最具能量和最幸运的契机。

意外灾祸、病痛的生死边缘、巨大的挫败体验，通常都伴随着个人巨大心灵痛苦和肉体的痛苦。这个时候，思维被暂时逼迫出自我控制中枢，你能突然感受真实自我充实全身的放松。

处于死亡的边缘，是幸运的。处于死亡边缘的体验，是幸运的觉悟契机。我们能感知到类似死亡的感觉，感知和死神擦肩而过的感受是幸运的。

通过死亡边缘的极端体验，我们觉悟恐惧、忧虑、压力是微不足道的。通过死亡边缘的极端体验，我们觉悟财富、成功和名望不足介怀。处在死亡边缘，能察觉到肉体能量微弱，思维能量的静止和真实自我的凸显；能感觉生命到何处去，感觉心灵空静映射的宇宙空静，感觉内心的安静与祥和是什么。

每场戏剧有开场，也有落幕，人生或许也如此。如果能带着开场和落幕的心情感受死亡边缘，时过境迁，必然放下诸多精神重负。

此时，灾祸、病痛、挫败经历成为真实自我走向觉悟的契机，把握此刻契机，把感受和行动转移到心之通道的流动上，感同身受真诚与爱，主动传递真诚与爱的属性能量，会由此产生深深的慈悲和感恩。死亡边缘体验也让人深深进入心存感激的状态中，死亡边缘体验让个人远离对恐惧的感受，这是非凡的收获。

意外灾祸的面具

从另外的角度对待，是非凡的转变。

意外灾祸发生，在此过程中个人会经历重大"失去"的体验。

你能清晰地感受到巨大的肉体痛苦，也能分外清楚地感受到心的痛苦。

意外灾祸常常重击内心和肉体，使得心灵受到创伤，心之通道运行停滞，肉体生理机能备受折磨。思维构建的虚幻自我也受到重创，此状态导致个人对所感所触麻木，伴随而来的是自我信心丧失、高度焦虑、趋于冷漠。

面对意外灾祸，运用心之通道把此时的痛苦感受，作为感同身受体会他人类似情况的意外机遇，会成为提升自我内心感觉质量、唤醒慈悲的机会。

意外灾祸的另一面赐予个人契机，觉悟什么是生命中可以舍去的，什么是生命中重要的，它会引发个人觉悟生命的真实生存需要。其实所需极简，与这种感受匹配的内心状态是，个人开始转而向外部主动传递真诚与爱的属性能量。当个人开始向外部主动传递真诚与爱的属性能量时，能清除意外灾祸积淀在生理层面的疼痛，净化内心创伤的痕迹。

真实自我运用心之通道主动倾注真诚与爱属性能量的过程，在心之通道中，主动是消除焦虑、恢复信心的途径。

快乐的尽头

创造的财富，个人所需不多；个人生命所需物质也极高。

物质带来的快乐，追求欲望的快乐，导致个人欲望的深渊无止境延伸，快乐难以满足。而无止境的追求，最终导致内心的空虚，以及对现有快乐的麻木与厌倦。

由物质和欲望带来的快乐体验，因没有真实自我的介入，失去对心之通道的运用，最终无法引导个人获得幸福感受，无法触及真正的生命意义。

追求快乐并不是一种罪过，然而以物质享受为本质地追求快乐，以实现欲望满足地追求快乐，却无法维持长久，最后会迎来痛苦的降临。

追求欲望满足，在快乐转入痛苦时，你会看到痛苦和快乐是互相抗争的。只有在觉悟时，你才会发现痛苦和快乐是同步的，它不称为快乐，也不称为痛苦。

真实自我运用心之通道，以此行动时，奢欲消除。我们能体会生命的真正需求，即便是创造财富，个人所需不多；即便是个人生命所需的物质也是所需极简。

快乐是一个过程，一个启示。你自觉运用心之通道感受到的自由，获得幸福感受到的喜悦，对生命意义的觉悟和实现感受到的喜乐，是真实自我感受的喜悦。感知到喜悦的源头是什么，至关重要。

性爱的平静

如果建立在性爱中的爱情是真诚的，你能在心之通道同时感
受两种属性能量同在的状态，感受真实自我的平静。

性爱是感知真实自我与心之通道真诚与爱属性能量的一种
体验。性爱如果是和真诚的爱情结合在一起的，个人也能借此
体会心之通道中真诚和爱属性能量交汇时的状态。

透过性爱快感后的平静和放松，能感受心之通道的运行，
而这是感知真诚与爱的属性能量众多体验中的一种体验。

性爱快感不是觉悟的契机，也无法通向开悟。那个快感后
引起的平静和放松，弱化、暂停了思维的运行，是个人借助平
静和放松体会心的两大能量通道属性能量，感受真实自我显现
的一个机会。

这个机会不易被发现和觉知。觉知的时刻，又容易被肉体
的感官愉悦、思维苏醒后介入运转而掩盖，没有真正看清楚是
平静和放松。体会到心的两大能量通道状态，从而感知真实自
我，而不是那个快感本身。

如果建立在性爱中的爱情是真诚的，你也能借助心之通道

同时感受两种属性能量同在的状态，感受真实自我的存在，觉醒真实自我平静、安定的状态。在这种状态中，思维构建的虚幻自我停息，真实自我充满整个躯体。

真诚与爱交汇，产生新的生命。

觉悟爱情

觉悟爱情，能觉悟真实自我，尊重自我，培育对更多人的爱，对万物的关怀。

个人处在真实、纯净的爱情当中，能体会真实自我内心的能量与创造力的汇合。

我们会有喜悦、平和、激动、悲伤等情绪。生命在心之通道处于高频率的流淌之中，呈现不同寻常的勃勃生机。

个人寄予爱情的幻想，为爱情蒙上一层朦胧的面纱，犹如梦幻般的爱情。然而觉悟爱情需要感受真实的爱情，非幻想中的爱情。

爱情中如果没有对纯净的感悟和痛苦的介入，很难觉悟爱情。如果爱情中有类似生死边缘的体验，或者深刻的痛苦体验，会推动个人融入心之通道感受真实自我，觉悟心的两大能量通道的流动状态，心灵归于空静的沉淀和体会。

爱情过程中，类似生死边缘的体验，深刻的痛苦体验，巨大的喜悦体验，在层面更深入的时刻，觉悟爱情能进入慈悲、感恩、心存感激等深层次的心灵综合体会。

两块相似的晶莹钻石，在放大镜下，纯净度是不尽相同的。那两块相似的钻石，就是相似的爱情。

从爱情中觉悟，爱情扩展成为人与人之间、人与万物之间的爱情。觉悟爱情，能觉悟真实自我，尊重自我，培育对更多人的爱，对万物的关怀。

寂寞

感受寂寞，是个人在以往的经历中，心灵曾有意无意地接近空静或真理。

寂寞与痛苦一样具备心灵觉知、肉体感觉和思维感知三重体验。但思维面对寂寞时，会发现不可控制和束手无策。

如果我们愿意，总能有意无意地为痛苦情绪找到暂时宣泄、释放、稀释的途径和方法，但之后却会加重痛苦的感受，寂寞无法找到释放的暂时途径，它有一种类似"空洞的回响"的特质，倾诉与交流无法释怀。

如果个人借由寂寞独特的痛苦感受、不可言喻的内心触觉、深入骨髓的寂寥，在真实自我通向感悟初心的路途上，迈进了一大步，由此感受初心空静映射宇宙空静，无边无际不可说，也无可说时，那种难言的感觉才会稍加缓解，直到完全开悟，这个寂寞才会融入初心和宇宙的宁静。与初心、宇宙的空静融为一体时，寂寞化为内心宁静的高质量基础。

寂寞唯有通过真实自我在运用心之通道，在觉悟心的原初状态之时，才会消除。开悟时，不再有寂寞的察觉。

能感受寂寞，是个人在以往的经历中，心灵曾有意无意地接近空静或真理，或在真理的道路上前进了一个阶段。即使在尘世中，内心有寂寞体验或阶段性处于寂寞中的个人，也很难在现实活动中完全世俗化，自然散发出某种不同的气质与气息。

晏殊《蝶恋花·槛菊愁烟兰泣露》："昨夜西风凋碧树，独上高楼，望尽天涯路"是寂寞；辛弃疾《青玉案·元夕》："蓦然回首，那人却在，灯火阑珊处"亦是寂寞。

个人在寂寞之中的体验、顿悟，转入真实自我对心之通道的运用，是觉悟的契机。

第六章

感受真实自我的生命能量

真实自我在觉悟中通向心的原初状态。

感同身受的真义

慈悲由感受万物一体，感受其他痛苦诞生。

　　感同身受是对他人的经历，有自己亲身经历一般的感受，而这个亲身体验者是真实自我。真实自我的敏锐、深刻觉知，使我们在接触每一个不同人与事物的情感体验中，内心感受不同，察觉其中真诚与爱的属性能量程度不同，对他人身心的痛苦、悲伤、喜乐感同身受，从而在感受真诚与爱属性能量的深度和广度上，具备更高质地的敏锐和真实。

　　这是借此觉悟万物一体和慈悲的途径。经由万物一体、慈悲的感悟，个人能更好地运用心之通道到达心的原初状态。

　　心生慈悲来自对万物一体的感悟，对他人痛苦的感同身受。当我们觉察万物一体的本质，能量的转换、转移的本质，发现他人的痛苦源于没有万物一体的觉悟，由于引起痛苦、烦恼的不明根源而心生悲悯。个人的慈悲失去其中的任何一个感悟，将会非常难于真正感受其中的状态。

　　在心之通道中感同身受真诚的属性能量，感同身受爱的属性能量，感同身受病痛，感同身受死亡边缘的体验，感同身受寂寞，感同身受喜悦，感同身受大自然和生活场景的细微体验，感同身受幸福的真义，也感同身受痛苦的能量。这样的状态会引发我们主动去关怀他人的痛苦和不幸。

个人感同身受此刻发生和呈现的，也感同身受久远的时空深处，感同身受亘古至今文明的延续。我们获得人类整体命运的伟大与悲壮启示，诞生以觉悟之心、关怀众生的慈悲，尽力奉献自我力量的生命升华。

心存感激的能量

对生命细微的感激，焕活身心沉埋的能量。

自觉、自主地运用心之通道时，个人能理解自身整体生命的状态，体会心存感激的能量流动。心存感激时常与谦卑和包容为伴，对外部事物、他人的微小举动心存感激，能焕活身心沉埋的能量。

对风、空气、阳光心存感激，对他人心存感激，对万物心存感激。

心存感激能自由进入心的两大能量通道，觉悟慈悲的状态，感受真诚与爱属性能量的流动，并增强感激的能量强度。心存感激是真实自我默默的行动，也改变真实自我主动向外部传递的强度和频率。

对他人一个关注的眼神、一个温暖的握手、一个鼓励的颔首等等心存感激。

当个人从生活细微之处自觉、自愿地心存感激，时刻处于心存感激状态，其实是在培育对万物的爱、对他人的仁慈，培育个人心灵的纯净和真诚。

对此刻意识到、感受到的心存感激，也对久远看不到的隐藏于表象后的充满感激，是对真实自我的唤醒，是个人对灵性智慧的深悟，是个人觉悟人类的起源与未知在此刻的清明观照。

主动传递的好处

持续主动地传递心之通道任何一个能量通道属性能量，都会改变生命轨迹，向心之所想发展。

《象传》曰："天行健，君子以自强不息。地势坤，君子以厚德载物。"主动包含着积极心态，体现出心灵生命力和宇宙生命力。

主动包含着勇气。当个人充满勇气时，代表着正面迎接的状态。主动有接纳外部和自我的意义。当个人采取主动状态选择和行动时，是对外部、个人状态的接纳。

当我们采取主动时，我们更有利与生命中的契机相遇。当我们主动时，集聚了积极的能量和感悟素材。当主动时，我们会发现信心的强大力量。采取主动时，焦虑、忧虑情绪会减弱或消失。

惊人的体现是，在当前我们并没有看到结果，但当即采取主动传递过程中会获得如同结果一般的体验和能量。这样的体会使个人的身心处于和谐状态，真实自我能量被激活，同时也促进事物发展向心之所想前进。

当我们主动传递心之通道任何一个能量通道属性能量，都会激发积极的心态，个人很难再处于消极状态之中。

宽恕自我和他人

那个宽恕者，就是真实自我，会无比分明静默地显现出来。

思维构建的虚幻自我包裹自我，以真实自我的身份占据整个躯体中枢，导致你可能一直处于无形的重压下，犹如泰山压顶，这源于思维中虚幻自我追求完美的镜像，持续批判未达成的自我。而这个不如意的自我其实从未真实存在。

那个不能原谅自己错误的自我、那个无法宽容他人错误的自我、那个无法原谅周围环境的自我，在这个批判重压之下，个人除了深刻的痛苦和不满，还有一个深刻的分裂。思维构建的虚幻自我营造一个追求中的完美自我作为愉悦自我的镜像，被批判的自我面对设立的完美自我镜像，如虚幻面对虚幻，分裂与虚幻交替，痛苦和自责，不满和挫折感时常占据自我感知。

虚幻自我以真实自我的身份引起的连续不满、愤怒、忧虑和自责等等情绪，常常导致个人生理层面处于焦虑和不安之中，内心逐渐封闭，感觉僵化。

宽恕自我，需要接受真实自我的当前和以往，接受以往的自我，意味着对曾经的错误、悔恨、自责和不完善的宽恕。接受现在的自我，意味着接受自我的优点，同时接受自己的缺憾，宽恕那些不足，宽恕他人带来的伤害，我们运用心的能量通道能感同身受他人行为的根本缘由，升起慈悲心念。

接受自己的整体，意味着一种对自我整体的接纳，对自我错误、挫败、不完美的宽恕。完全宽恕自己，才会宽恕他人，宽恕一切。宽恕一切时，才可能真正接受自我，接受他人，接受万物。此时，心理重负已逝去。

宽恕是以宽容和慈悲之心对待自我，对待他人。当宽恕融解在整个身心，那个宽恕者——真实自我，会静默却无比分明地显现出来。没有对自我的宽恕，宽恕他人是不真实的。

当宽恕自我、他人时，已经深刻感受自我痛苦与他人的痛苦，其中包含感同身受和慈悲的诞生。此刻，你能放下过往，重新轻装前行。

让恐惧化为欢迎

欢迎是身心和谐状态下，身心与外部的高度协调和良好互动。

个人恐惧多数时候是被思维营造的虚幻自我左右和引导，从而对事物本质产生错误认知。

不论是对于失败、自卑、不完美、挫折等等结果的担忧，还是对于死亡、病痛等未知情况的忧虑，恐惧本质上是对未知的担忧和焦虑，导致心之通道处于封闭状态，同时对肉体生理机能造成影响，也可能引起神经系统和免疫系统的疾病。如长期失眠的状态会导致皮肤的不适、关节部位疼痛、身体的疲惫感加重等等，会从肉体层面导致生理机能的失调、阻塞心的两大能量流通道，损伤信心和心灵的敏锐感知力，破坏身心和谐。

对外部的欢迎呈现出个人勇气和对未知环境的信任，对外部的信任与自我的信念与信心连通。对外部的高度信任，同时是拥抱多样性，接纳所有可能。

欢迎代表着心灵的敞开状态，拥有面对所有的可能性。

原野上的一棵树，它自由自在地生长，它毫无遮挡地经历着狂风、雷电、雨雪的洗礼，它也经过和煦的阳光照耀，悠然的花香熏陶，清新晨露的浸润。

开启心之通道意味着自我要坦然、真诚地面对外部环境。如果面临选择，信任与欢迎就是以真实自我，运用心的两大能量通道属性能量行动和选择。

本质上呈现的是真诚的内心与坦然的开放，也是身心和谐状态下，身心与外部的高度协调和良好互动。

个人在运用心之通道，感受欢迎状态时不会再处于恐惧之中。个人的主动和欢迎一旦融合，焦虑、恐惧与担忧的情绪将无处容身。在心之通道中主动传递和完全打开信任的状态，身心没有任何空隙再容纳恐惧。

直面痛苦与生死

觉悟心的原初状态时，痛苦不再产生。

具备充足真诚，坦然无畏之心堪称金刚之心。无数深深的痛苦、寂寞、病痛和死亡，要以金刚之心来面对。

金刚之心也是至柔至善之心，不急不躁，宽广且充满包容，是对痛苦、寂寞、病死的欢迎和接纳。

虚幻自我对痛苦逃避和转移的企图都会落入思维的牢笼。思维会用借用、概念、判别、分析、词语形成抚慰氛围的暂时麻醉剂，由于根源并未被清除，痛苦很快会加倍，变成重复的身心折磨和伤害。

处于痛苦时，思维的主动介入动机是逃避和掩盖痛苦，在更高层面时思维会抛出为虚幻自我预设的精密幻境——寻求解脱。实质上增加了痛苦的多层次和复杂感受，以及难以消除的叠加重压和循环，暂时的消除感也是思维造成的幻象。

只有正面地全然接受痛苦，才能完全感受心之通道感同身受和主动传递的运用，内心会自觉地感同身受真诚与爱的属性能量，主动传递真诚与爱属性能量。同时，你能感受极其宽广的淡然和安定。

消除痛苦的路径是，持续运用心之通道感受真实自我充满全部生命。觉悟心的原初状态时，痛苦不再产生。

相信内心才会相信万物

主动树立相信真实自我的信念，犹如相信明天的太阳。

信念，是相信的心念。相信内心，相信真实自我，才会相信外部，相信万物。相信自我和接受自我密不可分。

当你自然接受全部自我时，自我会有徐徐的释放。释放的有思维对虚幻自我构筑的完美镜像造成的压迫；释放的有不如意造成的消沉；释放的有承认自己平凡的存在；释放的有履行任务强加自身的压力；释放失败造成的自卑；释放情感中受到的创伤，等等。

我们能释放，就会浮现安定、宽容的心态，真实自我的能量也会凸显。我们首先是相信自我，相信自我的信心，之后，个人会感受到心之通道的连通。

如果你连通了心之通道，你也会感受真实自我的全部，心之通道在内部，连接真实自我和肉体意识；在外部，心之通道映射宇宙，此刻，你也经由心之通道获得宇宙无尽能量。信心的益处，是通过相信自我获得了源源不断的内心能量，而内心能量来源是映射宇宙能量。

　　无论身处何地何时，身处何种境况，运用心之通道时，我们要主动树立相信真实自我的信念，犹如相信明天的太阳。

心灵简单纯净地面对世界

个人以简单方式行事时，容易觉悟幸福的真义，容易觉悟万物本质。

长久以来，个人在面对艰难或庞大的问题，时常认为复杂的方法才是有保障或高效的。

然而，所有倾向生命中的本质问题，都很简单。宇宙中的规律，自然界的规律大多如此。

当我们能靠近宇宙本质和生命本质行事时，我们是在以真实自我思考和行事，在智慧状态中行事。

只是我们面对知识建立的不同体系，深陷思维构建的虚幻自我之中，早已迷失和遗忘真实自我。

抱持简单性原理面对万物和行动时，能较快深入心的两大能量通道，感受真实自我。

化繁为简是把应对事物的繁杂处理方法，转移到感悟、运用真诚与爱能量通道上来，并自觉以心的两大能量通道属性能量为行事的核心，在所处现实中自觉行动和感受。

意识到心之通道在通向觉悟过程中的简单与积极，个人不再追求复杂莫测的方法。当个人以简单方式行事时，更容易觉悟幸福的真义，更容易觉悟万物本质。

我们会回归自然，回归真实的自我，消除奢欲达到心灵纯净，以简单状态面对万物。

静心时刻凸显真实自我

静心过程是真实自我倾听内心寂静，感受初心整体空静与宇宙空静融合的时刻。

静心有冥想、坐法、调息、停止思维的活跃、全神贯注等方法。

静心过程的体验本质上是要停息思维运行，停息思维构建的虚幻自我，唤醒真实自我显现，与心灵合一感受纯净意识的忘我状态。

静心体验可能是自我主动寻求的过程，也可能是内心在大自然或某个场景中的体验引发的过程。这个时刻说明真实自我在响应心的原初状态空静和宇宙空静，觉悟之旅即将开始。

如果我们对静心的结果并不抱目的和规划，则容易避开思维形成的静心假象或影响，感受其中的体验和收获。

静心需要多次，较长较短、成功或失败的过程，来进入和专注在静心的过程。

即使短暂的静心过程，也能因停息思维和全神贯注而靠近真实自我，融入心的两大能量通道。我们保持住一种放松的姿态静静地站着，坐着，躺着，逐渐深深地进入到专注的状态，内心安定、平静，思维停止，能感受到心的静止和涌现的反映，感受到心的静止和涌现的平衡状态。

　　静心过程是接近、靠近心之通道属性能量的行动和感悟。静心是专注时刻，静心过程是真实自我倾听内心寂静，感受初心整体空静与宇宙空静融合的时刻。

第七章
空 白 时 刻

你的真实自我在哪里？

你的真实自我在哪里？

你的真实自我在内心深处，在真实自我显现的此刻。

你在家里，在工作的场所；在草地，在海边，在山上；在某个城市、某个国家、某个旷无人烟的地方？

还是在地球上，在宇宙中？你彻底觉察到了吗，你在哪里？

你到底在哪里？

你的真实自我在内心深处，当你通过运用心的两大通道时，你会感受到真实自我在哪里，你在哪里。

那会是一个新的时刻，你能立刻意识到从未触摸过的感动和觉察。

一瞬间会产生很多感觉同时融合。

这仅仅是个短暂的启示，仅是个开始。

你身处浩瀚宇宙之中。

在这里， 你就不在那里

专注在真实自我，就不在别处。

专注具备强大的内心能量，无论是面对事物、还是他人或自己，稳定、深沉的专注，最终会转移至内心的平静与安定。专注是通向静心、忘我的途径，是切断时间的过去、现在、未来属性其他觉悟状态的途径。

在通向静心的过程中，专注心的安静，意味着逐步摆脱外部环境的影响，脱离思维的干扰，进入平静、自然的冥想状态。此刻纯粹的觉知如水般静静流淌，没有对自我的辨别，深沉地专注至忘我之境。

在专注自我内心纯净，仅有觉知在空静中恒定时，时间没有过去、现在、未来的区别属性。在此刻专注中，每一个刹那，都是生命存在的唯一或此刻状态。

即使面对微小事物，处于放松、平和的专注中，个人也能获得高质量地感同身受真诚与爱属性能量的感受，得到觉悟的启示。

专注是真实自我的整体生命状态与心的融合，也是内心与外部无比静默地融为一体。

从此刻开始

持续不断地感受和传递真诚与爱，开始感受生命真正的开始。

当我们意识到运用真诚与爱两大能量通道，在所处现实中开始探求真实自我，觉悟心的原初状态，我们也是在所处现实中自觉回归真实自我，降低物质欲望，保持纯净之心。

在所处现实中探求真实自我的意识，提醒我们，觉醒个人真实自我状态和整体生命原生力，是个人日复一日无意识的失真生活经历，转变为个体真实自我整体生命的鲜活经历和生动体验，使我们从中感受幸福，获得个人生命意义的启示，也获得整个人类的生命意义和幸福觉悟，将人类的整体命运凝聚到此刻的自我觉悟和忘我奉献上来。

无论外部环境如何，无论所处何地，每个人都能从田间城市、山川海边，面临灾难时、感受喜悦时开始。无论贫穷富贵，顺境逆境，无论痛苦还是喜乐，个人如果决心在所处现实中觉悟，我们最终会感受幸福，觉悟真实自我的生命状态和生命的真实意义。

从此刻开始运用心之通道，从此刻开始觉悟真实自我，而不是未来某个时刻、某个地方。当你意识到真诚代表宇宙此刻能量，当你意识到爱代表着主动奉献自我力量，你开始感受个人生命的真正开始。

真实自我的细微体验

微观处蕴含宇宙深意，内心能于细微处感受能量本质。

我们感悟心的两大能量通道的意义和运行状态，寻求觉悟生命真意的过程，我们无法忽略经历的每件小事和细微场景的启示。借由每件小事，感受心之通道由内向外传送真诚与爱属性能量的状态；也感受心灵通道属性能量由外至内，回传融入心灵空静的状态。

体验外物，并不迷恋、沉陷于外物。一切觉悟不在外部而在内部，即便是外部体验，也是经由外部体验感受心之通道真诚与爱属性能量的传递，唤醒真实自我的过程。

从未来觉悟的时刻往前回溯观看，此刻经历的每件小事都体现着初心映射宇宙的深意，而个人在当时可能无法自知和觉察。

当我们开始专注大自然和生活中的细微事件，主动感受心之通道的存在和流动状态，我们也开始感受到经由感受外物，回归真实自我，感受心的原初状态的过程。

我们会醒悟，真实自我是以更敏锐、更高层面的觉知存在于所处时空。

感受万物之美

感受外物如此，感受内心亦然。

在生命经验的无数个过程，个人不论是顺遂大自然和生活的每个瞬间，还是有意识运用心之通道，如果只关注着最后的结果，而忽略此刻细微过程的专注体验，会失去许多重要信息。在星夜、雨天、旷野、森林、黑暗中，在身处荒凉、隧道、空旷、光线中等等场景的专注状态，都会使个人体验自然之美、生命之美，获得意外的启发和感悟，从中体会无我之境。

所有场景的体验都是此刻内心的全神贯注状态。只有这种沉浸其中的状态，才可能使人从微不足道的细微地方，获得生命的觉悟和真谛。

在大海中，在雨天，体验此刻意味着真实自我在体验速度、质感、温度、气息、湿度、内心的感觉等细微状态的总和。这些整体的体验被记忆，作为觉悟的"药引子"。这才是体验且觉悟的重要部分，体验意味着心灵深处在当前的状态，真实自我整体状态深深处于当前的整体状态。

如果我们只为设定的目标而经历体验，并没有感受心的静止和涌现的平衡与此刻的状态，有可能只是平白消耗精神和体能。所有的大自然、生活场景的体验，都是美的体验，也是觉悟的最好契机。

你不但能在现有的场景中体验感悟，保持敏锐的内心状态，也能随时发觉更多具备觉悟能量、纯净能量的场景融入体验其中。当经由种种场景的启发和觉悟，你不再需要向外部寻求，而逐步将专注的状态转移至觉悟心的原初状态。此时，面对外物，心与外物是融为一体的。

经历的场景中关于美的体验，都会被记忆，成为觉悟生命的体验，融入生命长河。在心之通道丰沛、平静的能量流之中，充满你对万物之美的深沉感受。

寂静

寂静是心和宇宙交汇时的静默。

真实自我能同步感受内心寂静和宇宙寂静。

首先是心的倾听，个人运用心的两大能量通道，能清晰感知真实自我的存在状态，真实自我凸显时，思维构建的虚幻自我停息。此刻也是真实自我的倾听，然后是倾听宇宙或大自然的寂静，感受宇宙或大自然的寂静，需要同步倾听自我内心的寂静，感受内心的寂静。有时这个在先，有时另一个在先。

无论是自然或心的寂静，一定包含着对心的静止状态和宇宙静止状态的觉察，对安静和无数细微至宏大的声响体会。无论是宇宙和大自然，还是心灵的寂静，需要同时感受到心和宇宙的寂静，才是真正的寂静，或者是真正地感受到了。

真实自我在寂静中能通过心之通道，惊鸿一瞥地感受到宇宙的静止和涌现的状态，与万物同在宇宙，从而放大或缩影宇宙的博大、无限，放大心的博大、无限，犹如灵犀般的体验。

心的原初状态空静、自在，映射宇宙的空静、自在。以真实自我感受心的状态静止时，个人能感受深深的寂静，这来自内心，也来自宇宙的空静。当深深感受此刻空静，能感受心的原初状态。

空白

空白和静止时，真实自我面对原初状态的观照。

专注空白是对纯净、静止的感受。失去声响后的空白，色彩纷呈后的空白，香气盎然过后的空白，思维停息后的空白，心的空白。专注空白是专注在静止与涌现的平衡状态，也是生机萌发的初始状态。

当思维静止，内心体会空静时，生机从心中开始流动。空白是对生命与宇宙之中简单与纯净、静止与运动、无形与有形的映射和体会。

所有的静止，不是过去的，也不是未来的，而是此刻的。它既是空间的静止，也是时间的静止，或者是两者同时静止。面对空白，思维的空白，感觉的空白，意识的空白，静止时意味着一种深深平静的观照。

思维的空白代表着虚幻自我的停息，视觉的空白能让人体会到心灵与宇宙的空静，感觉的空白能让人体会到真实自我的静止与涌现处于平衡。意识的空白，会发现纯然的意识，更稳定和均匀。当听觉空白时，外部喧嚣静止，细微之处的宏大闪现，心的寂静和宇宙寂静交汇。此时不需要言语。

空白后的空白，心的静止与涌现的整体状态，真实自我的状态在此刻与外部处于平衡。

引起的感悟是在所处此刻，内心深深地观照，真实自我凸现。

与真实自我同在

心之通道流动不息的状态中，呈现真实自我。

真实自我的运行通过心之通道感受和传递真诚与爱属性能量来完成，当我们长期身处虚幻自我，对真实自我早已没有了意识。此时，以心之通道运行真诚与爱属性能量，我们能觉察完整真实自我的存在和状态。当觉察真实自我的存在，再运用心之通道属性能量时，也就能觉察真实自我的存在和运行就是通过运行心之通道的属性能量来实现真实自我存在的。

我们无法在思维构建的虚幻自我之中一直存在，虚幻自我的运行机制和真实自我的抗争和冲突都会使个人深陷痛苦和挣扎。当无法忍受时，我们会开始反观内心，探寻痛苦和冲突的根源。

心的两大能量通道是真实自我连通肉体，向外部传达相关属性能量的通道；也是连通初心，感受心的原初状态，映射宇宙的通道。真实自我运用心的两大能量通道属性能量，会觉悟心的原初状态。

在运用心之通道时我们会感受到，两大能量通道真诚与爱不仅仅是两个词语，而是真实自我连通肉体，向外部传达能量的两种状态。埋藏在我们身体内的心之通道的流动不息的能量，发自心灵，源源不断，生生不息。

我们能自觉感同身受和主动传递真诚与爱的时候，也就能感受到心之通道自然流动不息的状态，感受真实自我，感受自由，这是喜悦真正萌生的根源。

第八章

体 会 万 物

大自然和生命的契机，与心的原初状态相通。

无限的荒凉

临近宇宙的初生状态，荒凉中蕴藏无限可能。

旷野，沙漠，雪原，戈壁，等等，一些地平线在视线遥远的空间，渺无人烟。空荡的声响，越发体现无尽的静寂与空旷，空气中弥漫着死亡一般的气息。物质不知是多久远的存在，几万年？几亿年？没有回应，一切无生命的、有生命的，仿佛无情无义，无知无觉，接近宇宙中的无限和寂静、未知和博大的状态。这样的空旷、荒凉、静寂并非随处可见，这和某些地方的人来人往，熙熙攘攘的繁华、热闹景象迥然不同，又仿佛相似。

星夜

心的静默与宇宙静默，由心之通道连接。

　　在海拔高的地方，晴朗的夜空会发现众多明亮的恒星，明亮而辉耀。当仰望时，夜空近在眼前，带来无边无际的眩晕。长久地凝望，同时会有分外明显的时空静止、心灵静止的体会，会产生置身宇宙的感觉。如果你恰好处在寂静中，或者你刚好在观望星空时进入冥想之中，全神贯注融入此刻，你会觉察到心的寂静和宇宙寂静的距离消失了，心和宇宙的静止融合在一起了。

远离地球

置身宇宙的孤独和浩瀚，无可言语。

当前，并非所有人都有宇航员的幸运，有真正远离地球的宇宙体验。也许以后会有更方便的星际旅行工具。就现在，如果你坐在飞机的舷窗口，外部气流平稳，视线下方有起伏的山川和河流，缓慢推进，像电影中的慢放画面，或者你能忽然有所觉察，这是置身宇宙的初级感受，你暂时远离大地和引力。如果在夜晚，机舱内光线幽暗，窗外月球的光照在眼上，你也许会感到，这是脱离地球在宇宙中看到另外星球的视角和临近感，这种光比你站在大地上的任何时候都要更耀眼。

能量转换

能量存在的不同形态，生命存在的不同形式。

　　森林中有无数巨大、直挺的树干，也有生机勃勃的细小植物，色彩斑斓的花朵，形状奇异的野果，深浅不同的绿色。幽暗与明亮的光线纵横交错，潮湿的苔藓和缓慢滴落的露水，静寂与繁杂的声响，来自雨水、泥土、植物、动物更多物质混合的气息，到处可见静默与突兀的生命。古老的痕迹与生命力勃发的迹象交融，随处可见生长和死亡的迹象，能量转换的形态和现象明显。

失重的自由

自由在内心的记忆深处。

凝视从地平面坠入悬崖的水流，追随它们急速下坠、沉落、碎裂，深入的注视会让我们伴随重力体验融入此状态，仿佛与水流一体忽然下坠，失去重力自由落体，耳膜充斥巨大声压和轰鸣，此时你能感到一种自由的意境泛波心灵。我们有时来到体验心之通道属性能量的某个入口，产生某种感受，是为引起内心的记忆和能量，感受、融入心的两大能量通道，然后运用心之通道，自由、自主地感受和传递真诚与爱的属性能量。

凝望宇宙

心的凝望是映射和融合。

平躺在大地上，仰望深邃无限、宽广的天空，犹如单纯透明的水晶一般。长久地凝望，仿佛有无穷的力量吸引生命整体融入无限透明。宽广的天空，轻微的眩晕，让人忘记了自我，忘记了大地，忘记了一切。闭上眼睛，感觉身心轻盈，这是和宇宙融为一体的初体验，这是初步感应自己不仅是在地球，也在宇宙中的一个类似体会。这时，心量放大，真实自我也无比放大，呼吸的空气仿佛宇宙的气息。

未知与恐惧

未知与恐惧，都是停息思维的契机。

深海中，开始会有无法阻挡的恐惧，还有无尽的隔绝感受。恐惧不是一个障碍，而是一个经过。除了光线由浅变深，耳边会越来越无声地接收到无数细微宏大的声响。在深深的黑暗中，恐惧来自未知和死亡。如果消除恐惧，我们可能会以为融入的是无限宽广宇宙的绵延之中。全然地接纳外部，淹没在此黑暗和死亡中，会升起无比的放松，我们更容易借此凸显心的轮廓和感知，触发觉悟真实自我。

柔和与平滑

柔和与平滑是一种生长感受。

留心雨水在不同角度下坠的速度，在不同环境中的声响，例如在高楼玻璃窗，海边，草原，旷野，树林，等等，你会发现它会和寂静有一点相通。感受一下皮肤接触到它的感受，是柔和的还是清凉的？这个时候，你的思维还在参与运转吗？还是心在静默地感受？寂静、柔和、清凉合并的感觉，也许它有一种气息。

天高云淡时节，秋水流过落差细微的九层石阶，水流静稳，平滑舒缓；叶片的生长，绿色脉络无声延展；万物生长，充满张力却平滑静默。

通道的前方

穿过无尽的黑，再见明亮的光。

　　列车经过漫长隧道，传来巨大的回响，窗外黑暗被车厢的微光闪过，忽明忽暗轮番交替，重复而无止境，宛如黑洞。如果只身徒步行走在漫长的黑暗隧道中，周围漆黑，远方的出口有如针尖大小的白色明光，你伴随着自己的脚步回音向前，指引你的只有前方的微光。如果你没有恐惧，那是最好的觉悟体验。当你逐渐接近出口，黄色光线会越来越明亮。如果你猛然沐浴在阳光下，你会发现那光并非平时浑浊的光，而是刺眼欲裂，来自另一个星球的洞穿身体的能量之光。

亘古的深邃

深邃与无限，无尽相邻。

在幽深的、人迹罕至的山洞里，除了深邃带来的安静的程度变化，石壁常常与平常所见不同，光滑或凹凸不平，潮湿或阴凉，亘古的感觉、神秘的气息与宇宙的未知临近。你可能很难放松自我，始终肉体紧绷，处在紧张之中。或者你没有如此深入的感觉。如果你不敞开心灵，以真实自我欢迎外部环境，所有契机、场景对你的感悟是没有意义的，那么现状对你就成了一个游览，一个生理刺激。

光的变幻

不同的光，有不同启发。

当光斜射入水之时，当光照亮黑暗之时，当光在不同角度长短发生变化的时候，当光很明亮却很遥远的时候，当光很微弱、很近的时候，不同的光都是美的。由于日复一日，或似乎没有什么质的变化，光在生活中已经普遍到不易察觉、习以为常而被忽略的境地。光是能量，仔细观察它，不同时刻，不同场景，会有不同感受。

湖水

如心此刻。

　　静观一片湖水，会发现湖面的平静、湖底的平静，和心灵的平静近似。有时，这样的湖水，在鲜为人知的地方，不知道经历了多久，四处静寂，似乎天长地久。有风时，湖水微微荡漾，像心的涌现。湖水深处，安静如初，像心的静止。在其中，有时你能和静心、寂静融合，进入更有质量的感悟心之通道的瞬间；有时，你能感受微风拂过，缄默不语。

空旷

空旷，静谧和寂寞。

       空旷的所在，常常有宽广、宁静、寂寥的意境。某时，会让人记忆过往。感受空旷之中的静寂，感受此刻的静默。体会心的寂静和空旷之中的寂静。大自然中，空旷是一览无遗的平坦，空谷寻芳的灵静，感受寂寥的所在。在室内，它是少量和空白的体验，是简洁与安静的体会。空旷之境，有寂寞的回响。

死亡的距离

像生，一直存在；像爱，无边无际。

当静静地面对墓碑，你是在读一段文字，感受一个人的一生经历，顿悟死亡是什么？还是感受肉体归于尘土的本意？当看到陌生人的坟墓时，你可能会恐惧。如果你经历过生死边缘的体验，或者经历过亲人好友的死亡远逝，你可能已不再害怕与恐惧。泥土中沉埋的肉体，是死亡的形态。有可能是我们最亲近的人，也有可能是我们最接近痛苦、最近触摸的死亡。死亡和痛苦终能让人体会肉体生命的脆弱，体会到感同身受。接近死亡的形态会让人在某个时刻反观真实自我的存在、生命的意义和幸福的真谛。

黑暗的深度

黑暗和光不分彼此。

　　一定程度的幽暗，足以使人慢慢安静至内心平稳、缓和，对个人的伤痛、疲惫、焦虑具备一定的抚平作用。一定程度的黑暗，如果专注在其中，能靠近心的宁静，接近宇宙的广袤，让人感悟宇宙、初心空静的质地。有时候，长久处在极度黑暗中，容易引起我们的恐惧。一定程度的暗，扩展了内心融入、感应宇宙的整体与多维度。

梦境的平稳

平稳梦境，心的静止与涌现的平衡。

澄净明月，亮光柔和如水。睡眠时心的静止酝酿了平静、深沉的睡眠。睡眠时涌动的心性酝酿了波动、不同景象的梦境。内心接受两大通道传递的信息，有所激发。回忆可能记起的梦境，能体会心的静止和涌现时的波动。

心的静止与涌现的平衡状态，是安详、缓和、平稳的睡眠。

第九章

心之通道承载幸福真谛

幸福是自觉感同身受、主动传递真诚与爱的能量。

幸福的核心是感同身受和主动传递

自觉感受和传递，你就在其中。

幸福的核心在于真实自我自觉自主地感受和传递真诚与爱。

心之通道运用方法是感同身受和主动传递真诚与爱。

真实自我感同身受真诚与爱，就是幸福。

真实自我主动传递真诚和爱，就是幸福。

如果我们明白心之通道的状态，主动运用，我们就有了化生命中被动为主动的机遇。同时我们也能觉悟到，苦难背后隐藏着未察觉的幸福。没有发现就是没有站在真实自我的角度去看待和感受。

个人自觉自愿、自动自主感同身受和主动传递真诚与爱，就在幸福之中。

幸福是感同身受真诚与爱的属性能量

自觉接通感同身受的纯度。

我们感同身受真诚的属性能量：

心之通道真诚的属性能量有真诚、纯净、真实、自然、清净、诚实、纯真、虔诚、俭朴、信任，等等，当然，它包含更多。

我们感同身受爱的属性能量：

心之通道爱的属性能量有慈悲、爱、仁慈、感恩、仁义、宽容、善良、感激、恭敬、尊敬，等等，是的，它包含更多。

感同身受是对他人的经历有自己亲身经历一般的感受，也对自己的真诚与爱的属性能量有深刻感受。

自觉感同身受同主动传递紧密相连。如同风吹云动，云感受风一样，感受然后顺势而动。

幸福是主动传递真诚与爱的属性能量

主动影响传递的强度。

我们主动传递真诚与爱的能量，最终要比我们感受到的更多。这是感受幸福，自我主动奉献的结果。向外部奉献力量时，没有计算和求取回报的考量。

在奉献力量的过程中，感受真诚与爱相关属性的强大。从感受到传递，从传递再到感受，感受愈强，传递的能量也愈大，逐步成为自觉自主的行动。

当个人感同身受真诚与爱的能量，自觉自主地传递真诚与爱的能量，我们的幸福感会越来越厚重和强烈。当我们处在幸福之中，我们会产生强烈的意愿向外部贡献自己的力量。我们的焦点不再是完全关注自身，而是对他人、万物的关怀。

幸福与人和物背后蕴藏的真诚与爱连接

能感同身受，就会贡献自我力量。

幸福与物质背后蕴藏的真诚与爱紧密连接。物质在传递幸福感受中承载着媒介效用。

如果传递的仅是物质的本体，没有被赋予真诚与爱能量信息，不会被心灵感知，则倾向于生存的意义。

以获取物质为标准的感受，得到的是愉悦感受，而不是幸福感受。

幸福感受是建立在真实自我的感同身受和主动传递上。

个人在所处现实中脱离真实自我的奉献，缺失心之通道的感同身受状态，为脱离烦恼和痛苦尝试各种各样的方式，只能获得短暂生理缓解或者愉悦的体验，无法获得真正的幸福。

在人与人的关系中，能感同身受背后蕴藏的爱与真诚才具幸福意义。如果没有传递真诚与爱的相关属性能量，个人也没有感同身受真诚与爱的能量，很难获得幸福真义。

幸福不依赖于复杂的方法

简单持续地传递，涌动无限幸福，感受无限幸福。

为获得幸福寻求复杂的方法，为暂时地解脱或者为愉悦寻找方法，然而，那个解脱和愉悦不是幸福。

幸福建立在感同身受、主动传递真诚与爱的基础上。幸福不一定是巨大的感受和体会，但却是由内而外，身心贯穿的整体体会。

个人运用心之通道能感受幸福。长久以来，由于各种不同生活场景和个人原因，众人面对烦恼、痛苦、寻求解脱的持续关注，我们可能认为获得幸福不易，认为复杂的方法才是有效和高质量的方法，才是获得幸福的保障。

真正幸福来源于简单的感同身受、主动传递真诚与爱。

获得幸福并不困难，只要你此刻已经知道方法，开始运用心之通道，你就会获得它。

你现在就可以开始尝试体会，融入心之通道，从传递一个善念、一个微笑开始，感受同时涌动的幸福真义。

你现在就可以开始尝试体会，立足心灵能量通道，从传递一个善念、一个微笑开始，感受同时涌动的幸福真意。

幸福体会从细微之处开始

个人持续的幸福感受，存在于细微更细微的感受与传递中，它能影响更多人的幸福。

感同身受真诚与爱从细微之处开始。

主动传递真诚与爱也是从细微之处开始。

如果能感同身受一句问候、一个眼神、一次牵手、一次帮助的真诚与爱，你最终会主动传递更多力所能及的真诚与爱属性能量。

感受幸福真义是从微小事情、细微感受开始，日积月累，在心的两大能量通道形成更宽广、浑厚的流动，引导属性能量通往初心。

个人越能充分体会幸福的真谛，就越能主动传递真诚与爱的属性能量。它呈现在有形和无形之中，逐步形成一个身心自觉自主感受、主动传递的能量循环。

个人持续的幸福感受存在于细微更细微的感受与传递中。

处在此能量循环中的个人，能把幸福感受自觉自愿、自觉自主传递向周围，形成更强大的幸福能量场，影响更多人的幸福，进而影响整个社会的幸福。

第十章

心之通道改善身心和外部

保护生命健康，实现生命意义。

净化自我欲望

生命，所需物质不多。

幸福与物质中包含的真诚与爱属性能量有本质关联，物质的传递在幸福感受中承载着媒介效用。

当个人不断地主动运用心之通道感同身受、主动传递真诚与爱，也会觉悟个人肉体、感官需求的渺小和贫乏。

过多的奢欲滋长野心和欲望，遮挡真实自我和纯净心灵，长久以往更会损害身心健康，弱化个人的生命质量和生命意义。对感受幸福和觉悟生命意义没有益处，而奢欲和享受最终也烟消云散。

自我的奢欲降低了，个人感悟幸福、向外奉献自我力量、追求生命真正意义的需求自然提高。

对于个人物质需求而言，降低欲望意味着朴素的生活形态；对于内心而言，消除奢欲，意味着以纯净、自然的心态面对万物，时刻以真实自我存在于现实环境。

重构身心健康

心之通道的流动带动真实自我的和谐，重构了身心健康的核心和基础。

当个人持续运用心之通道时，对物质的欲望降低了，对不必要的享受欲望降低了。肉体对感官的享受刺激下降，对实现生命的意义提升了。

或者说，由此以后心灵纯净，对承载心的肉体以全新的觉知对待了。

个人摆脱思维构建的虚幻自我，不再受虚幻自我的影响，真实自我呈现。真实自我充满全部身体时，分裂消失了，焦虑消失了，最终解脱也消失了。

个人消除痛苦、焦虑、恐惧、压力，等等情绪，身心自然气血顺畅、精神饱满，达到和谐状态。

这时候，真实自我会自觉感受和传递真诚和爱属性能量，身心的觉悟境界和外部环境的协调也得到极大改善。

个人自觉自愿运用心的两大能量通道有益于重构身心健康。首先是心灵健康，然后传递到肉体健康，之后是由内而外整体生命发生根本改变。

学习唤醒心灵

学习激活内心能量，呈现真实自我。

当知识的储备、某些技能的掌握、敏锐感觉的培养以及道德的修养积淀到一定数量和程度，从另外一层意义来看，学习是在唤醒内心潜能，自由自主地感受和传递真诚与爱属性能量。

这时候，真实自我运行心之通道，感受真实自我，以事物本质的规律行事。这是个人的觉醒状态，也是智慧状态。

个人受大自然和生活细微之处的启发，感同身受、主动传递真诚与爱都为心灵成长奠定根基，为某个时刻感悟幸福、感悟生命意义累积原始基石。

向外部奉献力量

宇宙生命，以不断转换能量，持续向外部贡献自我力量。

　　个人回归真实自我时，会清晰感知心之通道的运行和状态，持续运用心之通道属性能量，能感受到幸福真义，同时慈悲升起，向外部奉献力量会成为与自我血脉相连的信念。

　　停息思维构建的虚幻自我，回归真实自我，融入万物是身心最真实的回归。向外部奉献自我力量，成为心灵此刻状态的呈现，成为觉悟时不再关注自我利益的呈现，个人利益转化成为奉献他人、贡献社会、关怀万物的个人信念。

　　一旦这样的信念产生，会超越不同地域和不同人群。自我整体生命犹如种子在土壤中默默生根，终有一天，成长为参天大树。这样的信念一旦开始向外部传递，就会连绵不断，生生不息，潜移默化地影响他人，同时会彻底改变所处现实。

自觉把握幸福

自觉感同身受、主动传递真诚和爱的伟大力量，始终实行。

个人回归真实自我，持续运用心之通道属性能量，会觉悟心的原初状态。不论是运用心的两大能量通道达到开悟，还是受大自然和生活场景的启示，我们都能日益清晰感受到感同身受和主动传递真诚与爱的力量。

觉悟时，感受心的两大能量通道充满真诚与爱的属性能量。

个人会自觉自愿、自动自主地运行两大通道，自然而然地感受幸福，把真诚与爱传递给更多人。

犹如穿行在酷热的夏日，天空突降雨水于身，带来无限清凉，却无法全部用言语表达。

个人只要运用心的两大能量通道感受过幸福真义，就会始终记忆这个感受，无论沧海桑田，历久弥新。

实现生命意义

持续地贡献自我力量，能改变原本生命的能量属性。

　　个人在运用心之通道时会感受真实自我，看到生命的本质，觉悟心的原初状态映射宇宙本原。

　　在这样的状态中，我们总会自觉自主地靠近心之通道生活和行事，感悟心之通道和真实自我原本一体的状态。

　　个人会选择多频次以真诚与爱的能量向外部奉献力量。

　　个人会逐渐脱离生命仅仅生存的意义，走向生命中的真正意义。

　　在所处的现实环境，更倾向于关怀他人，关注社会进步，与大自然和谐共处。

　　个人更倾向于自觉、主动地运用心的两大能量通道，向外部贡献自我的力量。

　　个人选择这样的生命意义，渐至无我之境，趋向永生。

启发他人心灵

为他人感悟幸福真义打开心之通道。

当知道幸福的核心是感同身受、主动传递真诚与爱，不论是教育者还是为人父母者，他们都觉悟了生命的真正意义。

觉悟生命的真正意义的人会选择把这些真正意义融入个人生命，引导更多人使用简单方法感同身受、主动传递真诚与爱的属性能量。

未成年人除了学习的知识技能、艺术素养、自然启发以外，引导他们感同身受、主动传递真诚与爱，与中华优秀传统文化精粹相连通，是个人承接道德修养的通道，也是未来觉悟生命意义的源泉。

感同身受、主动传递真诚与爱，是道德修养的基石；是未成年人在成长中自主自觉涵养身心的源头；是无形消化未成年人成长问题的本质引导；也是在学习过程中唤醒未成年人心灵能量，激发创造力和想象力的本原。

我们选择延续对他人的启发，是对于后来者、他人的内心启发；是觉悟生命真义的启发；是运用心之通道，自我唤醒心灵能量的启发；是自我道德修养的启发；还有对人类社会进步无私贡献的启发。

教育者选择为他人在生命之旅中，感悟幸福真义打开心之通道，保护未成年人的内心原初状态。

在生命过程中，他们个人会以纯净心态，深刻地感同身受、主动传递真诚与爱；在某一刻，自我感悟幸福真谛，自我选择对外部的奉献，获得生命真正的喜悦。

真实自我与道德修养

心之通道与道德修养追求的状态相通。

　　中国传统文化中对道德的追求，源于个人对宇宙本原与规律的觉悟，自觉契合宇宙规律、符合社会规范的修养身心。在所处现实社会中源于崇尚美德，亲近幸福而乐于奉献自我力量。个人运用心之通道，感同身受、主动传递真诚与爱的属性能量，也属于道德修养追求的状态。

　　比如心之通道真诚的属性：真诚、纯净、真实、自然、清净、诚实、纯真、虔诚、俭朴、信任等。

　　比如心之通道爱的属性：慈悲、爱心、仁慈、感恩、宽容、善良、感激、感谢、恭敬、尊敬等。

　　运用心之通道中这些属性又会引发其正直、勇敢、仁义、友善、谦虚、忠诚、责任、奉献等品行的修养。

　　开悟时，内心感悟到原初状态映射宇宙本原，心灵处于空静自在状态。

　　道德修养不仅是个人遵循宇宙规律、自我涵养心灵、响应自然规则的基石，更是推动社会发展进步的文化营养，也是个人内心能量的来源。

个人实现生命意义，善用心的两大能量通道，向外奉献自我力量，与道德修养的最高意义相通。

宏观的角度我们遵循宇宙的规律修德养性；微观的角度我们循着生命意义纯粹心性，对所处的社会贡献力量，都最终回归心的原初状态，映射宇宙本原，实现生命意义。

道德修养的根源在内心修养，然后以此状态生活。

孟子认为，"本心"即人的天赋道德观念或本能。

自我与宇宙融为一体

你活在整个宇宙中，活在此刻心的觉悟中，再无他途。

地球具备动植物和人类生命存活的机缘和条件，这是宇宙运行的机遇，也是人类的机遇和宝藏。

随着人类漫长的探索，人们会逐渐看到，在其他星球上，也许有具备生存机缘和条件的生命，也许永不可知。

大自然是宇宙的组成部分，大自然的运行也是宇宙运行规律的组成部分。

我们的生命是地球上的生命，也是宇宙中的生命。

地球的能量来自宇宙，我们的能量来自地球、来自宇宙。

当我们保护地球生命、保护大自然，也就是平衡宇宙能量，保护地球能量，保护所处的社会，保护家庭，保护我们的生命和心灵能量。

无限的宇宙中，个人渺小如微尘，然而心之原初映射宇宙，又何其广阔。每个人如能感受内心能量，善于使用心之通道觉悟，我们将会释放更多个人潜能，将会为社会、自然、他人贡献强大的创造力和能量。

每个人的能量都是巨大而不可预测的，当你意识到万物一体，你可能意识到这是个伟大的时刻，我们终于到了这个时候，与大自然、宇宙同步脉动。

　　你除了生活在整个宇宙之中，除了活在此刻的内心觉悟中，再无他途。

　　你将会永不停歇地融入宇宙的此刻，更具觉知，更具自然状态，持续不断地协调个人与大自然之间能量流的平衡与和谐。你将意识到在生命过程中使用更少的资源，而向外部贡献更多自我的能量。

专注于人的身心和社会进步

个人充分奉献自我力量的时候，超越幸福感受，是自由的。

当个人自觉自主地感同身受真诚与爱，主动传递真诚与爱的时候，不但个人心念与行动时刻处在真诚与爱相关的能量之中，更能觉悟慈悲、善良、爱的状态。

处在觉悟之中的个人，回归真实的自我状态，感悟生命的真义，把握幸福的真谛。处在觉悟之中的心灵，感同身受他人的真正需求，感受他人对幸福的追寻。

觉悟者更愿意以真诚与爱的精神，助推社会进步。在行事中自觉自愿以感悟的核心作为事业服务的核心，服务他人的幸福、身心健康和内心觉悟。在创造财富时，更愿意回馈于人类和社会，保护大自然，支持更多人回归心的原初。

个人看清道德、真诚与爱的心灵能量，看清道德、真诚与爱的社会能量和意义。

我们更愿意向他人、社会奉献自己的力量，更愿意在此过程中感受自我生命的意义。

个人在充分奉献自我力量的时候，超越幸福感受，是自由的。

个人局部和外部系统的协调

全方位和谐的身心状态能与外部环境的能量交换与匹配，支持与共生。

中医学以阴阳五行作为理论基础，将人体看成是气、形、神的统一体。通过人体脏腑、经络关节、气血津液的运行变化，辨证施治，使人体阴阳调和；而中医的养生之道，以阴阳调和，形神并重，精神内守，清心少欲而保护健康。

而今天，关于个人心理欲望，受思维构建的虚幻自我的运行和影响，引起个人情绪的压力、焦虑、烦恼，对身心造成伤害，导致个人处于不断的精神压抑和痛苦之中，对身体局部气血运行、经络运行形成阻塞，也对个人情绪造成影响，继而对身体整体气脉、能量运行、免疫系统造成破坏，日积月累形成疾病。

追根溯源，会追溯到个人膨胀的欲望、价值观，对幸福的感受，对生命意义的觉悟上来。

看清这些，才能从生命整体系统觉悟肉体本质，思维本质，内心本原，宇宙本原，从而净化心灵，消除奢欲，以真实自我行动，感悟心之通道，自觉传递真诚与爱，获得幸福，向外部奉献力量，觉悟生命意义。

个人身心与外部环境的交流，其实是全方位打开身心，全方位和谐的身心状态与外部环境的能量交换与匹配、支持与共生。首先调整好身心的觉悟状态，才能觉悟宇宙本原状态，觉悟宇宙本原更要以宇宙运行规律、自然运行规律同步心的原初状态，以此规律修养身心，回馈他人和所处现实社会。

在这个过程中，调整身心局部系统与生命整体系统的协调与和谐，保护生命健康，提升生命意义，感受传递幸福。不但个人感受幸福，也为家庭、社会创造幸福。

幸福与和平是人类社会的追求

实现更多人的幸福，就要在更大范围内实现和平，这是人类
社会的终极追求，也是地球的生存之道。

身处痛苦中的个人，如果没有达到觉悟，痛苦会在不觉知
中延续。无论是面对现实中遭遇，还是自我隐藏内心的创伤，
都深刻而无法全部言传。

但是只要个人善于运用心之通道，感受和传递它，就能驱
散痛苦，感受幸福。同时你也会获得宇宙深处的能量，看到宇
宙的全貌和伟大，此时你的内心对应的是整个宇宙的能量，感
受的是整个宇宙的真诚和爱属性能量，那会有平静与祥和升起。

然而，在所处的现实环境中，要面对的事情，要发生联系
的人，要感受的幸福，要保护的生命健康，无一例外都需要从
微小的事情开始。从消除一个奢欲开始，从宽恕自我开始，从
正视痛苦开始，从相信自我开始，从主动传递开始，从感同身
受开始，从心存感激开始，从对外部环境欢迎开始，从实践道
德修养开始，寻求自我觉悟，实现生命的意义。

在世界的一些地方，各种原因引发的战争、灾难、疾病，

导致生命随时可能消亡。人的生存成了首要问题，在炮火纷飞、灾祸不断、痛苦蔓延、流离失所中，灾难和痛苦成了常态。生命的存活成了巨大又微不足道的问题。内心的安宁与和谐更是艰难而难以企及的愿望。如果人类在自我内心感悟并运用心之通道，如果人类在自我内心实现和谐，和平与安宁会成为个人和更高组织的追求。

心之通道中的真诚与爱平衡时，是内心的和谐状态。个人内心觉悟和谐，才会在行动中倾注和谐的意念。这样是人类个人的福祉，是家庭的福祉，是国家的福祉。

实现更多人的幸福，就要在更大范围内实现和平。这是人类社会的终极追求，也是地球的生存之道。

第十一章

回归心的原初状态是生命意义的源泉

心灵回归原初状态，感受和传递真诚与爱，

向外部贡献力量。

人类社会发展的三个元素

真诚本质、爱的能量和心的原初状态。

支撑人类社会繁衍、发展、进步的三个能量元素：真诚本质即能量本质；爱的能量即向外部贡献自我力量；初心状态即心的原初状态映射宇宙。

心的原初状态映射宇宙，映射宇宙此刻的能量与聚合。映射宇宙此刻的有形无形、时间空间、静止涌动、能量灵性的同步发生。心的静止、涌现产生的能量，通过心之通道传送，真诚与爱属性能量交汇衍生新的生命。

真诚映射宇宙的此刻能量，爱映射宇宙的聚合、能量的聚合与交汇，产生新的生命；能量转换与转移，新的能量体产生。

人的生命意义

个人感悟生命意义的时刻，是整体生命灵性智慧发光的时刻。

觉悟的状态中，个人内心静止和涌现和谐平衡，生生不息，安定而平和。

觉悟心的原初状态映射宇宙。内心通向肉体的两大能量通道倾注真诚与爱的属性能量，视其在不同领域会有不同的呈现与行动。此刻，个人不再拥有强烈向外部索取的意识，肉体与心合一，心与宇宙合一。向社会、他人、万物奉献力量成为内心此刻状态，以回应映射宇宙的真义。

人的生命意义在于：回归心的原初状态；自觉感受、主动传递真诚与爱；向外部奉献力量。

人活着就是实现、呈现这个全部。

人处于这样的状态，必然追寻心的觉悟，道德修养，人与人的和谐，社会和谐。

这是身处现实社会的生命意义，也是身处宇宙觉悟的生命意义。

个人感受幸福真谛，感悟生命意义的时刻，是个人整体生命灵性智慧发光的时刻。

通向本原的探求

永无止境的感受与传递中呈现不同。

　　人类在所处现实中，在灵性层面、哲学层面、科学层面、宇宙层面、信仰层面通往本原的探求，每个层面经由心之通道，真诚与爱属性能量流动和传递都有不同呈现，都蕴含着心的两大能量通道映射宇宙，连通生命的意义。

灵性层面：灵性与自由

无处不在。

灵性层面对本原意义的探求：在心之通道中，真诚呈现的是灵性（灵性状态）；爱呈现的是自由（包含渺小、伟大、平静等对应的感觉双重、多重属性同步于此刻）。

哲学层面： 内心与智慧

觉悟生命起始。

　　哲学层面对本原意义的探求：在心之通道中，真诚呈现的是内心（心的此刻状态）；爱呈现的是智慧（觉悟）。

科学层面： 本质与精神

宇宙本质和精神本质是一个整体。

　　科学层面对本原意义的探求：在心之通道中，真诚呈现的是能量本质（能量变化）；爱呈现的是精神（专注）。

宇宙层面： 能量与聚合

此刻，唯有此刻，一切同步发生、聚合。

宇宙层面对本原意义的探求：在心之通道中，真诚呈现的是此刻（运动静止，时间空间，有形无形，能量灵性融合一体的状态）；爱呈现的是聚合（动静）。

信仰层面： 初心与慈悲

初心和万物同在，一直如始。

信仰层面对本原意义的探求：在心之通道中，真诚呈现的是初心（心的原初状态，包含伟大、平静、渺小等双重、多重属性同步于此刻）；爱呈现的是慈悲（感恩）。

殊途同归通往本原

众多路径皆通往本原，通向原初状态。

个人运用心之通道，能觉悟心的原初状态，达到开悟。

具体在通往觉悟的道路上，面对某个哲学、某个信仰、某个导师、某个场景产生的学习和引起的感悟，如果我们具备充足的耐心，平静、安定的心态，持续地精进，个人会通过不同的途径到达。

专注于生活之中看似平常的场景，运用心之通道属性能量，觉悟心的原初状态，是一个需要时刻保持心灵敏锐和安定之心的过程。专注在自我的痛苦，专注在寂寞，专注在静心，专注在学习，专注在劳动，专注在荒凉，专注在寂静，专注在空旷，专注在黑暗……如果能全心全意在此刻，在任何场景，你会体验大自然和生活中无以言表的生命之美，真实自我会在此刻纯净体验中觉悟。

在一些古老的典籍和哲学中，通过不同的途径引导个人开悟，并没有说明觉悟时个人看到了什么。伟大的导师知道在开悟的时候，众生觉悟到同样的心的原初状态，看到同样的宇宙本原。

有的人徒步上山，有的人骑车上山，有的人坐缆车上山。登山路径过程不同，中途体验不同，在山顶看到的却是一般的景象。

寻求自我生命意义的过程中，看到不同的风景，体验不同的感受；然而，在开悟时都呈现出同样的景象。开悟是殊途共归的身心灵觉悟过程，坚持不懈的整体生命之旅，以纯净心灵指引，最后到达本原。

在不同层面中我们通过运用心之通道，融入心的空静，觉悟心的原初状态映射的宇宙状态。是个人内心深深地平静，是整体生命祥和与平衡的状态。

第十二章

生命需要和宇宙进程相和谐

觉悟心之通道流动的生命，时刻都是新的。

面对已被遗忘的诞生

个人觉悟心的原初状态是原点、经历、重回原点的过程。

我们回忆诞生时的内心状态，通常是不清晰的。有可能记忆一些外在生存状态，对心的状态却懵懂而模糊。

个人觉悟心的原初状态，我们才重新感受到诞生时的内心状态。但开悟后回归的心的原初状态，并不是诞生时的心的状态，而是经历如此之后，心感受到原初状态，觉悟到的生命诞生时的心灵状态。

个人要觉悟的生命、觉悟的真实自我并非生命不断成长、成熟后的觉悟，而是回归原点的觉悟。我们并不是经过生长成为那个成熟的果实，而是经过生长、成熟后返回那个种子状态的存在。

我们经由心之通道，觉悟真实自我而重新站在最初生命诞生的面前。

所有经历中可改变的，改变的，未改变的，可改变已改变的，可改变未改变的，都映射出此刻能量与聚合，真诚与爱的属性能量运转。

个人面对已被遗忘的诞生，觉悟心的原初状态是原点、经历、重回原点的过程。但过程中的经历被记忆，被体验，被觉悟。每个生命诞生都经历无形的聚合和无数不可预知的机遇，每个生命存在都是唯一的，无价的，是平凡而伟大的。

　　你要尊重自我，尊重关爱他人，这也是重新面对被遗忘的诞生时获得的觉悟。

死亡通向安静与祥和

是归宿也是新生。

　　曾有过临近死亡的人在接近死亡边缘时，感觉到某种不可言喻的如释重负。觉悟状态的内心，临近死亡会感受安静和祥和，心灵空静靠近宇宙空静。仿佛空气中的两个同类分子近距离融合，没有冲撞和波动，只有融入的无界限感觉。

　　轻生行为是在期望解脱的幻想中采取的举动，身体存留着之前思维引起的矛盾和抗争，情绪的深刻绝望和失意，随着肉体的消亡，思维随之终止，虚幻自我终于停息。

　　觉悟的心灵，在肉体能量耗尽、生命接近死亡的时候，知道该到什么地方去，并不生疑和恐惧。如一滴水近距离轻轻落入湖水之中，柔和地融入和接纳，是归宿也是新生。

　　从心之通道感受生命的幸福，感受生的喜悦；从心之通道感受生命死亡是什么，觉悟死亡到哪里去，不再有恐惧和迷惑。

　　觉悟生死本质时，众多恐惧消失了，我们不再对未知莫名忧虑和恐惧。个人深深地把握住生命在此刻的觉悟，无论行动还是静止，无论言语还是缄默，都充满平和的信心。

真实自我的停驻

持续不断地感受和传递真诚与爱，可停驻真我和永生。

心的原初状态映射宇宙，心灵和宇宙同为万物一体。宇宙是有形无形、运动静止、时间空间、能量灵性同为一体，同步发生；心灵也是有形无形、运动静止、时间空间、能量灵性同为一体，同步发生。对应宇宙的本原。

《易传·系辞》："形而上者谓之道，形而下者谓之器。"

当你看到心的原初状态，你也看到宇宙和生命能量的源泉。你要爱自己和这个世界，你要真诚对待自己和一切。

宇宙运行自然而然，不为自我而聚合，不为自我而利益。然而，能量转换和转移并不失去，真诚永生。

心的原初状态映射宇宙本原，处于此刻，成为不为自我的无情，而奉献他人、万物的有情。无情是无我，有情是对他人、万物的关怀，真爱永恒。

在无知中呼应无限是生命力和原生力

凡存在生命，似无知无觉，皆向外部贡献力量。

个人肉体从诞生、生长、学习、成熟、直至死亡，心灵从原初、成长、觉悟、回到原初状态。

无论何时，请注意内心的召唤。当面对未知，你说不出为什么，内心却感觉总是有一种召唤，一种响应，那是真实自我映射宇宙本原的响应。那也是真理即将破土而出的召唤。

有时，我们在各种途径前行中觉察自己的无知。请你留意，这无知就是最真实的引导。请循着这无知继续前行，真实自我会从心之通道传递的各种契机被触动和唤醒，从被动感受继而主动去寻求觉悟，并停留在其中。这些契机在你的日常生活中时常出现，也常常在大自然的万千景象中慷慨、毫不保留地显示出来。

有时是善意的眼神，有时是微笑，有时是一句话，有时是一个帮助，有时是你能感悟到的此刻和举动。

有时是飘舞的雪花，有时是静默的雨水，有时是拂晓的阳光，有时是无尽的黑暗，有时是一望无际的旷野，有时是深深的痛苦，无限的寂寞，壮观的森林。

被感悟的契机最终会通过心之通道回馈给内心，引发真实自我的觉悟。在其中，承认个人无知，感知并呼应无限，是响应宇宙的原生力、心的生命力，是响应宇宙通达内心的能量，也是真实自我响应心的两大能量通道的力量。

感应内心召唤是响应真理

帮助自我感应召唤的是痛苦的历程，不断地实践，持续内心
觉悟。

响应内心召唤，呼应万物的本质或规律，是真理浮出水面
的过程。真理并非起初就被看见和显现，而是响应内心对宇宙
的映射，并不断实践验证映射的本质或本原。我们探究真理的
时候，在内心都是以感应的形态出现的。

在冥冥中感应召唤的是真实自我，而真实自我传达的是心
之通道的属性能量。真实自我运行心之通道是响应真理的过程，
真理只有在真实自我运用心之通道属性能量才会实现。

面对困难、挫败、痛苦的时刻，真理经由内心感应的萌芽，
同步在继续生长。当心之两大能量通道被个人内心倾注真诚与
爱属性能量，当你觉悟心的原初状态，就接通了宇宙的本原，
也就接近万物的本质。

帮助自我感应召唤的是痛苦的历程，不断地实践，持续心
的觉悟，最后看到真理。

你能应对好整体生命的所有发生。

静止与涌现中的平衡

此刻状态是自由。

当觉悟时，内心不是在完全的静止中，也不是完全在涌现中，而是融入空静后，达到空静和涌现的平衡。静中有动，动中有静，不增不减，不生不灭。

当映射出的宇宙，是静止，也是运动；是有形无形、运动静止、时间空间、能量灵性的同步发生，同步平衡。

当觉悟时心的原初状态映射宇宙，宇宙能量同步发生，同步转换，此刻状态是自由。

觉悟的你是灵性智慧

你经由如此，回归真实自我，你还是你。

　　觉悟后，你还是你。

　　你不是领袖，不是大师，你只是更加成为了你。通过回归真实自我，觉悟心的原初状态，整体生命感受有了不同的变化。或许你会喜悦，或许你会安静，或许你会觉得伟大或渺小，这些感觉都在此刻同步涌入，又同步消散。你还是你。

　　或许你意识到自己如尘土，或许你觉得自己与光同源，你只是顺应真实自我和宇宙一体律动，你只是宇宙的一部分，你和宇宙是一体的。你还是你。

　　如果你在创造你就在创造，如果你在睡觉你就在睡觉，如果你在喝水你就在喝水，如果你穿过河流你就穿过河流。你还是你。

　　你是经由如此，回归真实自我。你还是你。

　　真实自我是灵性智慧。

开悟不是最后

开悟是众多过程汇合成一个。

伟大导师看得见每个人因为思维造就的痛苦，因为欲望造就的痛苦，因为没有觉悟而处在迷茫的痛苦之中。在引导众生走向开悟时，创建出完整庞大的系统，来帮助他人觉悟，消除烦恼和痛苦，其中包含着深深的慈悲。

他们知道开悟后的整体状态，也知道消除痛苦只是引导你开始探求的引子。他们没有说明觉悟后，看到了什么，只知道你到达后，自然会看到那个心的原初状态，映射的宇宙本原，痛苦自然终止。

开悟不是终点，即便我们经由如此漫长或短暂的经历到达此处。我们只是由此回到原初，和真实的内心状态融为整体。我们经由此，也回归到了初心和宇宙的本原。

开悟后，会有以前不曾经历或感受的状态出现。如寂寞消失了，痛苦消失了，恐惧不在了。所有的内心感觉都更加敏锐而平和。喜乐自然发生，有时你能感觉心灵长驻此刻，那种与宇宙亘古绵延至今的不朽或无止境。即便如此，要忘记这个词语，忘记这个状态。

开悟是众多过程合成一个。如果把开悟当作过程而不是目的，或许你会更加容易接纳自我的全部，也会更加容易进入静心的过程。不以开悟为目的的过程，能够让人更加容易去除思维构建的虚幻自我，觉悟真实自我，也会容易达成开悟。

那时候你感受到欣喜，接着是身心深入的平静感和均匀感。

以静默、 慈悲致敬初心和宇宙

响应宇宙本原状态，重新面对生命。

当个人回归真实的自我，觉悟到心的原初状态映射宇宙本原。

宇宙的无限和无穷尽与心的无限、纯净，多数时刻让人静默而无法多语。在感受心和宇宙的寂静，在感悟心和宇宙的奥妙、生命力，觉悟自我与宇宙的灵性与智慧，心之通道的全貌后，唯有对万物、对生命的崇敬和感激。

对万物、对他人的崇敬，是对宇宙万物一体的觉悟，也是个人道德修养的归真。对万物、对他人的感激，非针对巨大的事件或者对己有利者的感激，而是对细微、所有生命的感激和感同身受。对微不足道的感激，意味着个人回归真实自我。

对野草、空气的敬意，对大地、尘土的敬意与对整个宇宙的敬意相同。

以崇敬、慈悲致敬自我生命经历，致敬宇宙生命力本原，是响应宇宙的状态，是重新面对自我生命。

永无止境的能量转换中感受全新自我

全心全意在此刻，感激经历的一切。

从微观的角度看，个人肉体每刻都有细胞死亡，每刻都有细胞新生。宇宙的每一刻都是有形无形、运动静止、时间空间、能量灵性，同步发生，同步聚合。

从物理学的角度看，宇宙所有的能量，每一刻的聚合，都是变化、灭亡、新生的过程。

心感悟到原初状态，回归原初状态，是空静与涌现的和谐。我们回到原初真实、纯净的状态，我们真实感受到动中有静，静中有动的祥和与平衡。

"天地之德不易，而天地之化日新。"（王夫之《思问录·外篇》）

我们知道了个人整体生命在每一刻都是新的，还有映射的宇宙本原每一刻都是新的。

它提醒我们专注在每一刻新的状态，可以和过往告别了。我们全心全意在此刻，感激经历过的一切。

生命需要和宇宙进程相和谐

对未知的发展与探索到达一定阶段时，需要个人自发协调同宇宙相适应的生命状态。

当我们所处的现实社会和自然环境，经过多年的发展、演化，到达当前的文明阶段，个人积累的经历和痛苦、众生积累的痛苦与社会承载着所有的进程，所有的能量，都到了极度需要调整相和谐的阶段。

如果个人的觉悟没有达到消除痛苦根源的状态，众多痛苦、烦恼、焦虑会演化为个人欲望的汪洋、心灵的迷失和生理疾病的产生，以及个人道德和整体道德的失衡。这样的状态带给整个社会的痛苦、整个世界的痛苦，以生理疾病、心理病态、战争、野心、环境恶化、极端控制等等状态显现，再以此状态反馈给个人。

社会的高度文明和进步，不能掩盖个人心灵与社会发展的整体性落差；个人心灵与不同文明阶段，与自然状态、宇宙本原的发展需处于同步阶段。

对未来的发展与探索到达一定高度时，需要个人、众生自发协调同宇宙相适应的生命状态。在宇宙的进程中，在社会的发展中，个人提升生命境界，提高生命质量，觉悟心的原初状态映射宇宙的本原，获得生命的真正意义。个人主动以此状态回应自我身心灵和谐；响应宇宙的本原，是在宇宙无边无际的进程之中，人类社会发展进步之中，个人应做的自觉主动的选择。

觉悟心的原初状态，能觉悟自我和宇宙本原的连接，觉悟人类和宇宙的同步与和谐。

它是生命与宇宙的同步和谐，也是心的觉悟与宇宙此刻能量的平衡。这个平衡的运行通道就是真诚与爱两大能量通道，也就是心之通道。心之通道的源头通往心的原初状态。

佛陀《心经》："色即是空，空即是色。"

谢谢此刻，谢谢你

你也看到整体的宇宙。

谢谢此刻，谢谢你。

此刻映射宇宙一切能量，有形无形。

谢谢你，此刻缘于真诚与爱的能量，共同达到此处。

当你觉悟心之通道的源头，它已经开始经由心之通道流通；当你觉悟心的原初状态，它已经开始和宇宙的能量交汇，它是人类生命和幸福的能量源泉。你会融入无尽的宇宙能量本身，生命存在于无限的爱中，你也能看到整体的宇宙。

感应到心与生命、宇宙与心之通道的连接，你也会自然而然感同身受、主动传递真诚与爱的能量。此刻是达成和谐的时候。

此刻，你是"新"的你。

后　记

　　长久以来，当个人深处烦恼、焦虑和痛苦之中，各种困境常常令人窒息。我们可能急切去寻找某种方式或路径，以便让自己远离痛苦。但向外部寻找的状态是一个矛盾和障碍，阻碍你觉悟。你会失去安于此刻和平静进入某种状态之前真实自我的观照。

　　这个观照是清晰觉悟真实自我与思维虚幻自我的一种状态和呈现。观照是空白和静止的一个点，是所处现实空间和时间的一个静止，它引起真实自我显现和觉察。

　　如果我们带着迫切的期望，寻求快速而实用的觉悟方法，这种迫切又会带来急于脱离本身的问题。如果是全然接受现状和自我，那么很可能需要长久改善才能达到的状态，很快发生了改变。

　　我们发现，面对体验或痛苦、恐惧、焦虑时，有时你会醒悟它是一种感受的另一面。如此，当不同状态降临，比如灾难降临，问题不仅是该如何解决它，而且是如何自然接受它。我们会在自然接受和感受它的另一面中体会心之通道的伟大力量。

对于开悟而言，追求高效或时间，会迷失自我。高效也是控制的一个表现，时间又是思维构建虚幻自我赖以存在的基础，我们会落入思维为虚幻自我预设的幻境，难以自拔。

寻求觉悟没有窍门和捷径，只有个人整体生命身处此刻感受，持续贡献自我力量才能达成。心之通道的奥秘在于：你运用它时，你就在以真实自我的全部生命存在，每一刻都在缓解此刻的痛苦，每一刻都在停息虚幻自我，每一刻都在感受幸福真义，每一刻都在实现生命的意义，每一刻都在通往心的原初状态。

如果你以平静心看待自我，看待书中的内容，你会有很大启示，这是我衷心的愿望。

愿你无论身处何种境况，都以平静祥和之心观照真实自我，获得觉悟。那是整体生命的安静与和谐。

谢谢你。

郭亚东